浪人若さま 新見左近
決定版【八】

風の太刀

佐々木裕一

双葉文庫

目次

徳川家宣

江戸幕府第六代将軍
寛文二年（一六六二）〜正徳二年（一七一二）

寛文二年（一六六二）四月、四代将軍徳川家綱の弟で、甲府藩主徳川綱重の子として生まれる。綱重が正室を娶る前の誕生であったため、家臣新見正信のもとで育てられる。

寛文十年（一六七〇）、九歳のときに認知され、綱重の嗣子となり、元服後、綱豊と名乗る。延宝六年（一六七八）の父綱重の逝去を受け、十七歳で甲府藩主となる。将軍家綱が亡くなった際には、世継ぎとして候補に名があがったが、将軍の座には、叔父の綱吉が就いた。

五代将軍綱吉も、嫡男の早世や、長女鶴姫の婿である紀州藩主徳川綱教の死去等で世継ぎに恵まれなかったため、宝永元年（一七〇四）、綱豊が四十三歳のときに養嗣子となり、江戸城西ノ丸に入り、名も家宣と改める。宝永六年（一七〇九）の綱吉の逝去にともない、四十八歳で第六代将軍に就任する。

将軍就任後は、生類憐みの令をはじめとした、前政権で不評だった政策を次々と撤廃。間部詮房を側用人として重用し、新井白石の案を採用するなど、困窮にあえぐ庶民のため、政治の刷新をはかり、万民に歓迎される。正徳二年（一七一二）、五十一歳で亡くなったため、治世は三年あまりとごく短いものであったが、徳川将軍十五代の中でも一、二を争う名君であったと評されている。

浪人若さま　新見左近　決定版【八】

風の太刀

第一話　憤激の剣

一

新見左近は、御殿の庭を掃き清める音に気を取られ、筆を止めて顔を上げた。

昨夜の江戸は、野分による雨風が激しかった。

中間たちは、折れた庭木の枝を拾い集め、御殿の周りに吹き溜まった落ち葉を掃き取っている。

瓦が飛ばされている、という家臣たちの声を聞き、左近は江戸市中の被害を案じると同時に、お琴の店は激しい風雨の被害に遭っていないだろうかと気になり、書類に花押を記していた筆を置いた。

片づけの指示をする家臣の目を盗んで自室に行くと、障子を閉めて、一人で着替えをはじめる。

無紋の着流しの腰に、宝刀安綱を落とした左近は、浪人姿で甲府藩邸を抜け出すと、谷中のぼろ屋敷の前を素通りして不忍池にくだった。

不忍池のほとりにある東叡山の御花畑では花が風に倒され、畑を守る者たちが呆然と立ち尽くしていた。

風は強かったが、建物の被害はさほどではないようで、上野の広小路は、いつもと変わらぬ様子だった。

左近は、上野の黒門前を横切って浅草に向けて歩み、左に広徳寺の土塀、右に武家屋敷が並ぶ通りに差しかかった。

広徳寺の土塀の下を流れる溝を泳ぐ鯉を見ながら歩んでいると、後ろの辻から、争う声がした。

左近が足を止めて振り向くと、二人の侍が、鍔迫り合いをしながら通りに出てきた。

紋付袴の侍に対し、浪人風の男が恐ろしい形相で迫り、押しに押している。

押し切られそうになっている侍が、必死に抗っている。

——このままでは斬られる。

左近は考えるより先に、助けに走っていた。

「おい、やめぬか！」

そう言うと、浪人者がためらい、刀を引いた。

その隙に侍が押し返し、

「おのれ！」

刀を振り上げて斬りかかったが、浪人者は受け流し、左近を一瞥して走り去った。

「待て！」

侍が大声をあげて追おうとしたのだが、供の中間がしがみついて止め、腕に怪我をしていると叫んだ。

我に返った侍が、腕から血がしたたっていることに気づいて、顔をしかめる。

「たいしたことはない」

言って追おうとしたが、浪人の姿は見えなくなっていた。

あきらめた侍が、左近に顔を向けて頭を下げた。

「危ないところを、かたじけない。身共は、幕府勘定方の本田正成と申す。貴公の名と住まいをお教え願いたい。のちほど礼の品を届けさせる」

高圧的な物言いだが、礼儀をわきまえた人物だと、左近の目には映った。

「礼には及ばぬ。それより、傷の手当てを」

「何、ほんのかすり傷だ」

「襲った相手に、心当たりはおありか」

左近が訊くと、

「ない。物取りであろう」

そう言った本田は、左近に頭を下げて立ち去った。

一瞬だが、立ち入るな、という顔をした本田のことが気になったが、足早に立ち去る本田に声をかけることはできず、左近はお琴の店に足を向けた。

花川戸町の通りは、野分が去ったあとの好天に誘われて出かけた人々でにぎわっていた。

左近は、人とぶつからぬように気をつけながら歩を進めた。

お琴の店は、小間物を求める女の客でにぎわい、今日も大繁盛だ。

野分の被害がないようだと安堵した左近は、店の裏手に回って中に入り、いつもの部屋に上がると、安綱を刀掛けに置いて座った。

香の匂いが心地よい部屋で横になり、客たちの声と、対応するおよねの元気な声を聞きながら、左近は手入れの行き届いた庭を眺めた。

表を通る左近を見ていたのだろう。

落ち着いたところでお琴が奥に来て、左近に笑みで頭を下げると、茶菓を置く。

左近が起き上がると、お琴がそばに座った。

「昨夜は凄い風でしたね」

「うむ」

「心配して来てくださったのですか」

左近が照れて黙っていると、お琴がくすりと笑う。

「お忙しいところ、わざわざありがとうございます」

「今宵は、大川へ月を見に行かぬか」

左近が言うと、お琴が嬉しそうな顔でうなずいた。

夕餉は何かおいしい物を作ると言って、お琴が店に戻ると、入れ替わりにおよねがやってきた。

ふくよかな丸い顔を障子の角からのぞかせて、にんまりと笑みを浮かべる。

「左近様、お久しぶりでございますね」

左近は、ごくりと喉を鳴らした。およねの顔は確かに笑っているが、目が怒っている。

「ちと、外に出てくる」

左近が逃げようとすると、およねが前を塞いだ。

「旦那、おかみさんに、もう少しお顔を見せてあげてもいいんじゃないですか。ひと月も来られないなんて、どこで何をしていらしたのです」

左近の正体を知らないおよねは、疑いの目を向けている。

「なぜそのような目をするのだ」

左近が訊くと、およねが店のほうを気にして、小声で告げる。

「うちの人が、他に女ができたんじゃないかって、言うものですから」

「また権八殿か。ほんの少し来られなかっただけではないか」

「少しなものですか。ひと月ですよ、ひと月」

「そう申すな。ちと、忙しかったのだ」

左近は座りなおし、菓子に手を伸ばした。

「また旅にでも出られていたのですか」

「まあ、そんなところだ。旨いな、この菓子は」

「今流行りの、たきた屋の鶉焼きですよ。知らないんですか」

藩邸に籠もっていた左近が、たきた屋が近くに店を出したことを知る由もない。

黙って菓子を食べていると、お琴がおよねを呼ぶ声がした。

はぁい、ただ今、と返事したおよねが、行きかけて手をぱんとたたいた。

「あ、そうだ。肝心なこと忘れてた。左近様、今夜は何がいいですか。今の時季だと、お酒の肴は茄子、それとも秋刀魚ですかね」

「秋刀魚か、いいな」

「決まり。いいのを買ってきますから、待っていてください」

おかみさん、秋刀魚だそうです、と言いながら店に行くおよねを見送り、左近は庭に目を転じた。

すると、椿の木の後ろから権八がひょっこり顔を出し、

「えっへっへっへ」

赤い鼻を膨らませて笑いながら、歩み寄ってきた。

「左近の旦那、来てるなら来てるとおっしゃってくださいよ。あれ、お茶なんて飲んじゃって、つまらねぇの」

「権八殿、酔っているな」

「ええ、酔ってます。酔わずにいられますかってんだ」

「仕事はどうした」

「そんなもの、ありゃしません」

「さようか。まあ、ゆうべの雨風で傷(いた)んだ家があろうから、そのうち仕事が回ってこよう」

「それ、それですよ。こりゃ忙しくなると思って朝から張り切って行ったんですがね、親方のところに駆け込む者はおりやせんで、暇(ひま)なのでござんす」

「たいした被害ではなかったのだろう。腕のいい権八殿らが出るまでもないということだ」

「そうおっしゃっていただけるのは、ありがたいことですがね。いい腕でも仕事がなけりゃ、かかあの機嫌が悪くて困るんでさ」

「そうだな」

「それより、今日はゆっくりなさるんですかい」

「うむ」

「そうこなくっちゃ。朝まで付き合いますよ」

権八が酒を飲む真似(まね)をする後ろで、およねが頭をぺしりとたたく。買い物に行こうとして権八の声がしたので、裏から入っていたのだ。

袖(そで)を引っ張り、お前さんが邪魔をしてどうするんだい、と言っている。

権八はそうだったと手をたたき、左近にぺこりと頭を下げた。

「構わぬ」

「ほら、こうおっしゃっているぜ」

権八は嬉しそうに言うが、およねは耳を引っ張って連れて帰った。

二人きりで夕餉をすませた左近とお琴は、近くの船宿で屋根船を雇い、大川へと繰り出した。

川上に向から舟から眺める月は大きく、眩しいほどに輝いていた。

「きれいなお月様」

お琴は、障子を開けた船縁から空を見上げ、笑みを浮かべて言う。

「ひとつどうだ」

左近が杯を差し出して酒をすすめると、お琴は受け取り、口に運んだ。

「おいしい」

めったに飲まぬ酒と舟の揺れで、お琴はすぐにほろ酔いとなる。

「お琴」

左近が名を呼ぶと、お琴は身を寄せた。

「寂しゅうございました」

「すまぬ」

「でも、こうしてお会いできて、嬉しゅうございます」

お琴は、正室がいる桜田の屋敷にいたのかとは、訊こうとしない。

左近は今日、ある想いを秘めて来ていた。藩政に追われる毎日であったが、一日たりとも、お琴のことを想わぬ日はなかったのだ。

お琴の手をにぎり、左近は身体を離し、目を見つめた。

「お琴」

「はい」

「おれのそばに、いてくれぬか」

お琴は驚き、すぐにためらうように目をそらした。

「申し上げたはずです。わたしは、左近様がこうして会いに来てくださるのをお待ちすると。それだけで十分なのです」

「おれは、お琴にそばにいてほしいのだ。藩邸に――」

「それ以上申されますと、わたしは、左近様の前から去らなくてはなりませぬ」

お琴は、側室では不服だと言う女ではない。左近が背負っているものの大きさに、自分が釣り合わぬと思っているのだ。

初めから身分を知っていれば、左近のことを慕わなかった。お琴はそう言わんばかりに、辛そうに目を閉じた。

左近はお琴を引き寄せ、抱きしめた。

「今すぐにとは申さぬ。考えてみてはくれぬか。そなたの決心がつくまで、一年でも二年でも待つ」

「左近様」

左近に抱かれたお琴は、目を閉じた。

「おれは、そなたを屋敷に迎えたい」

嬉しい言葉に、お琴は唇を震わせ、左近の身体に腕を回した。

だがお琴は、屋敷に入るとは言わなかった。それはお琴が、正室に遠慮しているのではない。

お琴とて、武士の娘。

大名家に、正室と側室があるのは当然のこととは心得ている。

わかっていても、お琴は怖いのだ。屋敷に入ってしまえば、正室と顔を合わせることになるのだし、左近と過ごせぬ夜には、嫉妬してしまう。

自由のない奥御殿で左近が来るのを待つよりは、好きな商売をして客の相手をしながら待つほうが、性に合っている。

忙しく人と接しているほうが、お琴に合っているのだ。

お琴から今の気持ちを聞いた左近は、

「あいわかった」

としか言えなかった。屋敷に迎えることでお琴が苦しい思いをするなら、今のままがよいと思ったのだ。

二人きりの時は短く、船頭が外から声をかけ、舟を戻すと言う。

お琴は、左近から離れた。

気まずい空気が二人のあいだを隔(へだ)てている気がして、左近は言葉が見つからなかった。

舟から下りた左近とお琴は、夜道を歩いて店の前まで帰った。

中に入らぬ左近を、お琴が振り返る。

「今日は、ここで帰ることにする」

左近が言うと、お琴は寂しそうな顔をした。

「また来ていただけますか」

「来るとも。では、戸締まりをしてくれ。夜は物騒だ」

「はい」

お琴は素直に中に入り、左近が見ているうちに戸締まりをした。

左近はきびすを返し、根津の藩邸に帰ろうとしたのだが、小五郎とかえでの店の明かりに誘われて、足を向けた。

暖簾を分けて顔をのぞかせると、かえでが小さく頭を下げたあと、普通の客に接する声をあげて、空いている奥の長床几に案内した。

左近が安綱を鞘ごと抜いて長床几に腰かけるのと、表側にいた浪人が立ち上がるのが同時だった。

「勘定を置く」

そう言ったのは、昼間に本田を襲っていた浪人だ。

気づいた左近が目で追っていると、浪人は左近をちらりと見て、逃げるように出ていった。

煮物と酒を持ってきたかえでに、今出た男を知っているかと訊くと、かえでは入口を見て答えた。

「あの者は、若佐利重と申します。近頃、時々顔を見せはじめた者でございますが」

かえでが、何かあったのかと訊く顔を向けるので、左近は酒を一口飲み、他の客に聞こえぬ声で教えた。

「真っ昼間に、通りで勘定方を斬ろうとしていたのだ」

するとかえでが、あたりを見回し、声を潜める。

「若佐は、元旗本でございます」

酔って客に言うのを聞いたことがあるという。

「何か、わけがありそうだな」

旗本同士の争いを心配した左近は、板場にいる小五郎を呼んだ。

かえでは左近から離れ、他の客に話しかけている。

「一杯やってくれ」

左近は、店の大将に酒をすすめるふりをして、小五郎に命じた。

「勘定方の本田正成と、先ほど帰った若佐利重のことを調べてくれ。二人が斬り合う理由を知りたい」

小さくうなずいた小五郎が、これはどうも、と愛想笑いをしてごまかすと、酒を干した杯を左近に戻し、板場へ入った。

何食わぬ顔で酒を飲んでいる左近は、若佐の仲間が店に残っていないかと案じ、密かに客の様子をうかがった。

かえでを相手に大声でしゃべっている男たちは、皆、常連の職人たちだ。

他の客たちより先に店を出た左近は、見送りに出たかえでに、根津の藩邸ではなく、谷中のぼろ屋敷に帰ることを告げて、夜道に歩を進めた。

その背中を見送るかえでは、お琴のところに行くのではないのかと首をかしげていたが、客に呼ばれて中に入った。

二

小五郎が谷中のぼろ屋敷に来たのは、翌日の昼過ぎだった。

左近は囲炉裏の前に小五郎を座らせて、自ら淹れた茶を差し出す。

恐縮した小五郎が、茶を一口飲み、調べたことを告げた。

それによると、勘定方の本田正成は、大番頭の森田備後守の娘を嫁にしており、近々、勘定奉行に昇進するという。

「本田家は三代にわたって勘定方を務める家柄で、当代の正成殿は、役目もそつなくこなす真面目なお方。悪い噂がございませぬ」

「そのような者が、何ゆえ命を狙われるのか……若佐のことは、何かわかったか」

「こちらも、悪い人物ではございませぬ。住まいは、我らの店の近くにございます九品寺の裏にある長屋で、小夏という妹と暮らしておりますが、この妹が正気を失っているらしく、若佐は時々用心棒をしながら、一人で妹の面倒を見ております」

「さようか。それは難儀なことだ。して、本田の命を狙うわけは」

「申しわけございませぬ。そこまではまだ」

「うむ。では、おれが若佐に会うて訊いてみよう」

「ご案内いたします」

「うむ」

左近は安綱をにぎると、ぼろ屋敷を出た。

お琴の店の前を通って九品寺に行くと、寺の塀のあいだの細い路地に入り、長屋の木戸門を潜った。

どぶ板を踏み抜かぬように奥へ進み、井戸端にいる長屋の女房たちが注目するのに軽く会釈をして通り過ぎると、突き当たりの右側の部屋の前に、若佐の姿があった。

「ここで待て」

小五郎と別れた左近が歩みを進めると、七輪(しちりん)で魚を焼いていた若佐が気づき、立ち上がった。

若佐は太い眉(まゆ)の眉間(みけん)に皺(しわ)を寄せ、左近に険しい目を向けている。

左近が歩み寄り、

「ちと、話がしたい」

名を名乗って申し入れると、若佐は目を七輪に戻した。

「今少し待て。魚が焦(こ)げる」

そう言うと、煙を上げる秋刀魚をつついた途端に火がついた。

「い、いかん」

脂(あぶら)のせいで勢いよく燃える秋刀魚をどうすればいいかわからぬ様子で、若佐が慌(あわ)てている。

「あらあら、それじゃだめですよ」

見かねた隣の女房が出てきて、慣れた手つきで秋刀魚をひっくり返すと、見事に焦げていた。

「あぁ」

若佐が残念そうな声をあげて、頭を抱えた。

「お竹さん、これはもう食えないかね」

「大丈夫ですよ、焦げをこうやって落としてやれば。ほら」

手際よく身をほぐして渡してくれたお竹に礼を言い、若佐は左近に目を向ける。

「話は中でする。入ってくれ」

そう言って部屋に入る若佐に続いて敷居を跨ぐと、一間だけの座敷の奥に、背を向けて座る女がいた。

髪も乱れておらず、着物の帯もきちんと結ばれている。

一見すると普通の娘の後ろ姿だが、

「小夏、魚が焼けたぞ」

若佐が声をかけても応じず、ずっと外を向いている。

「遠慮せず、上がってくれ」

若佐に言われて、左近は安綱を鞘ごと抜いた。

「では、お邪魔する」

座敷に上がり、奥には行かずに座ると、若佐は膳を持って小夏のそばに行き、秋刀魚をおかずに飯を食べさせた。

呆然とした様子で座る妹に語りかけながら、一口ずつ食べさせる姿を見ていると、若佐が人を殺すような人物には思えなかった。

「して、話とは昨日のことか」

若佐に訊かれて、左近はうなずいた。

「貴殿も元旗本と聞いた。何ゆえ、旗本同士で斬り合わねばならぬのだ」

若佐は答えず、小夏に汁を飲ませている。

「貴殿が改易（かいえき）となったのは、本田殿のせいなのか」

「煮売り屋の大将に案内させてわたしを訪ねたわりには、よう知っている。貴殿は、本田の手の者には見えぬが、何者だ」

「お節介（せっかい）な浪人者だ」

「暇つぶしにしては、立ち入ったことを訊くではないか。我らのことを知って、どうしようと言うのだ」

「昼日中（ひるひなか）に斬り合うとは尋常ではないゆえ、気になっただけだ」

すると、若佐は箸（はし）を置き、膝（ひざ）を転じて頭を下げた。

「止めてくれたことは、感謝する。あの時は、たまたま奴の顔を見て、思わず刀を抜いてしまったのだ。それだけ、奴には恨（うら）みがある。だが、今思えば、馬鹿なことをした。旗本を斬れば、わたしも生きてはおれぬ。何もできぬ妹を残して、あの世へ行くところであった」

「本田殿に恨みがあると申したが、本田殿が勘定奉行に昇進することと、関わりがあるのか」

　すると、若佐の目つきが鋭くなった。

「わたしが、奴の出世を妬(ねた)んでしたことと申すか」

「そうではない。本田殿の昇進と、貴殿が改易になったことに繋(つな)がりがあるのかと思ったのだ」

「これ以上話すことはない。帰ってくれ」

「どうやら、図星か」

「帰れ！」

　若佐が怒鳴ると、小夏が耳を塞いで悲鳴をあげてうずくまったので、若佐が慌てた。

「すまぬ、小夏。なんでもないぞ、なんでもないから安心しろ」

　小夏を抱いて背中をさすってやりながら、左近に言う。

「頼むから帰ってくれ。もう馬鹿な真似はせぬゆえ、わたしたちのことはそっとしておいてくれ。このとおりだ」

若佐の焦りようを見て、これ以上のことを妹に聞かせたくないのだろうと思った左近は、安綱をにぎって立ち上がった。

「邪魔をした」

そう言って左近が外に出ると、若佐が戸を閉めて心張り棒をかった。

表にいた隣の女房が、仇を見るような目を向けている。

左近は目を伏せ、長屋をあとにした。

「どうでしたか」

肩を並べてきた小五郎が訊くので、左近は腕組みをした。

「どうも、尋常な様子ではない。根の深いわけがありそうだ。小五郎」

「はは」

「若佐が改易となった理由を探れ」

「かしこまりました」

応じた小五郎が、すっと左近から離れていき、人混みの中に姿を消した。

三

その頃、小川町にある本田家の屋敷では、酒宴が開かれていた。

娘婿（むすめむこ）である正成の出世が決まり、森田備後守が祝い酒を持って訪れたのだ。

「正成、ようした、ようしたのう。これで、わしも安心じゃ」

「これも、義父上（ちちうえ）様のおかげでございます。これからは勘定奉行として励（はげ）み、義父上様のお力になる所存」

「勘定奉行になれば、老中が何かとうるさく関わってくるが、そこはうまくやってのけてくれ」

「はは。義父上様に一日も早くお大名になっていただけますよう、精進（しょうじん）いたしまする」

「それには、金がいるのう」

「わたしに万事おまかせください」

「うむ。わしが出世すれば、そちも何かとやりやすくなる。それまでは、決して油断するでないぞ」

「そのことで、気がかりなことがございます」

「なんじゃ」

　本田は酒を注ぎながら、小声で言う。

その内容に、森田が目を見開いた。

「何、若佐に襲われたじゃと」

「はい。父の墓参りに行った帰りに、いきなり斬りかかってきました。不意を突かれて危ういところでしたが、止めに入った浪人者のおかげで、命拾いをしたのです」

「その浪人、何者だ」

「ただの通りすがりかと」

「若佐め、改易となり江戸を去ったと思うていたが。未練がましく、うろうろしておるとは」

森田が渋い顔をして酒を干し、杯を置いて本田に問う。

「どうする気じゃ」

本田は、目線を下げて杯を持ち、底に金で書かれた壽（ことぶき）の文字を見た。

「義父上様に出世させていただいたばかりでございますのに、あのような者に邪魔をされるわけにはまいりませぬ。このままにはしておけぬかと……」

「始末すると申すか」

「降りかかる火の粉（こ）は、払わねばなりませぬ」

「居所はわかっておるのか」

「今、捜させております」

「よし、わしも家臣に命じて捜させよう」

「お手をわずらわせて申しわけございませぬ」

「気にするな。わしとそちは、義理でも親子。政では、切っても切れぬ仲じゃ。万にひとつでも、そちに何かあってもろうては困る」

「はは」

「若佐は所詮浪人。騒いだところでどうにもならぬことじゃが、邪魔者はおらぬに越したことはない」

「はい」

「そのように暗い顔をするな。今はあの者のことは忘れて、祝い酒を飲め」

酒をすすめられて、本田は杯を差し出した。

「そういえば絹江の顔を見ぬが、わしが来たというのに何をしておるのじゃ」

「台所で、義父上様好物の鮒の汁を用意しております」

「おお、それは楽しみじゃ」

程なくして、失礼します、と声がかけられ、侍女を従えた絹江が入ってきた。

「父上、お久しゅうございます。今宵は、ようこそおいでくださいました」

「うむ。婿殿の出世が嬉しゅうて、じっとしておられなんだ」

絹江は微笑(ほほえ)み、侍女が持っている膳から鮒の汁を入れた器(うつわ)を取ると、森田の前に置いた。

秋らしく深い赤色に、黄色の銀杏(いちょう)の葉をちりばめた模様の着物を着た絹江は、娘から大人の女に成長し、森田の目を細めさせた。

「我が娘ながら、ますます美しゅうなったのう」

「殿のご寵愛(ちょうあい)のおかげでございます」

絹江が笑みで応じる。

「うむ。よいことじゃ」

「父上が申されるとおりにしてようございました。ほんに、幸せでございます」

「あとは、やや子じゃな。絹江、早う孫の顔を見せてくれ」

「はい。近いうちに必ず、よい知らせを届けます」

「うむ。孫が生まれるまでには、旗本から大名に出世しておらねばならぬの」

「そのあかつきには、殿は町奉行でございますね」

「こ奴め、欲張りおって」

「当然です、父上の娘ですもの」

「正成、絹江に尻をたたかれぬうちに出世を急がねばならぬな」

「まったくでございます」

三人は愉快な笑い声をあげた。

宴は遅くまで続いた。

この出世の陰で泣く兄妹がいることなど、誰一人として、気にしていないのである。

四

左近は一旦藩邸に戻り、残った仕事を片づけていた。

鳴海屋事件で左近が認めて家臣にした雨宮真之丞は、算用に長けていることを買われて、今や甲府藩江戸屋敷の勘定方になっている。

その雨宮から年貢等の報告を受けていた左近は、庭に気配を感じて目を向けた。

左近の目線に気づいた雨宮が、

「あとは、お目をお通しいただければ、わかることばかりでございます」

と気を使い、頭を下げて退出した。

「小五郎、まいれ」

左近が書類を積まれた文机から離れた時には、小五郎が下座に着いている。

「何かわかったのか」

「はい。若佐殿と同輩だった見崎という旗本が、改易の真相を知っているものと思われます。家の者に探りを入れたのですが警戒が強く、かつては互いの家を行き来するほど仲がよかったとしか、わかっておりませぬ」

「では、おれが直に訊こう。案内を頼む」

「はは」

左近は藤色の単に着替え、小五郎と共に藩邸を抜け出した。

雨宮の次に左近と会うはずだった普請方の者が、雨宮から小五郎が戻ったようだと聞いて急いで来たのだが、左近が部屋にいないことを知って、文机に歩み寄る。

「しまった。遅かったか」

などと言い、目を通してもらうはずだった書類を手に呆然としている。

左近の文机の上に、火急の用件がある時は谷中のぼろ屋敷で待て、と書かれた文が置かれていたのだ。

小五郎と小川町に向かった左近は、神田川沿いにある見崎家を訪れた。

浪人姿の左近と町人姿の小五郎に、応対した門番はいぶかしげな顔をする。

「何か用か」

「見崎殿に、若佐利重殿のことで火急の用があると、お伝え願いたい」

小五郎が若佐の名を出したことで、門番はただ者ではないと悟ったらしい。

「少々、お待ちを」

左近と小五郎に不安そうな目を向けて、家の者を呼びに走った。

程なく、用人だという侍が現れ、左近と小五郎に厳しい目を向ける。

「まずは、名をお聞かせ願います」

「見崎殿に会うてから告げる」

左近が言うと、用人は見定めるように睨め回し、居丈高に告げる。

「名も名乗らぬ怪しい者を通すわけにはまいらぬ。引き取られよ」

「そう申すな。怪しい者ではない」

左近は安綱を鞘ごと抜き、鯉口を切った。

用人は、何をする、と言って身構えたが、鞘と鍔のあいだに光る鎺に刻まれた三つ葉葵の御紋に気づき、目を見張った。

「た、ただ今」

聞き取れたのはそこだけで、急いで潜り門から中に入ると、自ら大門を開けた。

「どうぞ、お入りください」

頭を下げ、招き入れる。

用人は、左近と小五郎を書院の間に通し、あるじを呼びに行った。

「殿、殿」

飛び込むように部屋に入る用人に、読み物をしていた見崎が険しい顔を向ける。

「何ごとだ、騒々しい」

「大変でございます。鎺に葵の御紋が彫られた刀をお持ちの御仁が来ておられます」

「何、葵の御紋だと。して、そのお方の名は」

「それが、名乗られませぬ。殿に直接会うて名乗ると仰せで。それと、若佐殿のことについて、殿に訊きたいことがあると申しております」

「若佐のことだと？」

見崎は、目を泳がせた。

「葵の御紋を許された家は多くはない。いったい、どなたがおいでなのだろうか」

書院の間に通された左近と小五郎が待っていると、瘦せた面長の男が血相を変えた様子で廊下に現れ、その場に座って頭を下げた。

「勘定方、見崎義孝でございます」

「徳川綱豊だ」

左近が名乗ると、見崎は喉から奇妙な声を出して顔を上げ、はっとして慌てて下げた。

「こ、甲州様とは露知らず、家の者がご無礼をいたしました」

「名乗らぬのだから当然のこと。それより見崎殿、貴殿に尋ねたいことがある」

「はは、なんなりと」

「そこでは声が聞こえぬ。近う寄られよ」

「はは」

見崎は、まるで将軍に接するような態度を取り、膝をその場で動かす仕草を二度して、頭を下げたままである。

これは、将軍に謁見を許された外様大名や小禄の旗本が、年賀のあいさつでする作法だ。

将軍から、近う、と声をかけられても、決して廊下から畳の部屋に入ることを許されないのが、本丸御殿の決まりごとなのである。

「おれは将軍ではないぞ、見崎殿。さ、顔を上げて、近う寄ってくれ」

「はは」

見崎は両手をついて膝を滑らせて中に入り、下座で頭を下げた。

左近は立ち上がり、見崎の前に座って膝を突き合わせると、目を丸くした見崎が顔を上げ、すぐに下げる。

「見崎殿」

「はは」

「面を上げて、楽にしてくれ」

「滅相もございませぬ」

「それでは話ができぬ」

「はは、では」

見崎は顔を上げて一目だけ左近を見ると、目線を下げた。

「今日来たのは、若佐利重殿のことだ。改易になる前は、貴殿とは同輩だったそうだな」

「はい。さようでございます」

「若佐殿は、何ゆえ改易になったのだ」

見崎はためらう顔をしたが、左近に訊かれては答えないわけにはいかないと思ったのだろう。意を決したように顔を上げた。

「屋敷に押し入った曲者に傷を負わされたことを咎められ、改易にされたのでございます」

将軍家を守るために存在する直参旗本が、屋敷に曲者の侵入を許し、怪我までさせられたとあっては世間の笑い物。

旗本の若佐が改易となったのは、おかしなことではない。むしろ、切腹を命じられなかっただけでも、慈悲があったというものだ。

「深手を負った若佐が気を失っているあいだに、悲劇が起きておりました」

左近が訊く顔を向けると、見崎は辛そうな顔をした。

「妹の小夏殿が、曲者に手籠めにされたのでございます。その衝撃で、小夏殿は正気を失いました。ご慈悲をいただいたのも、正気を失った小夏殿を不憫に思ってのことでございましょう。家屋敷を失い、どこで何をしているのか、案じておったのでございます」

「さようであったか」

　左近が長い息を吐くのを見て、見崎が訊いた。

「甲州様……若佐のことをお調べになられますのは、何ゆえでございますか。若佐が、何かしたのでございますか」

「本田正成殿は知っておるな」

「はい。それがしの上役でございます」

「その本田殿を、若佐殿が斬ろうとしたのだ」

　すると、見崎の表情が曇った。

「その顔は、二人のあいだに、何かあったのだな」

「ございました」

「聞かせてくれ」

　左近が言うと、見崎は唾を呑み、唇を震わせた。

「本田様は、大番頭の森田備後守様のご息女、絹江殿を娶られておりますが、その絹江殿は、元々若佐の許嫁でございました」

　若佐との縁談は、押し込み事件のあと、公儀のお達しが出る前に破談にされたという。

「森田殿の立場なら、それは当然のことであろう」

左近が言うと、見崎は気落ちした声で、はい、と返事をした。

「では、若佐殿が本田殿を襲ったのは、許嫁への未練による逆恨み」

左近が考えながら言うと、見崎が目を見開いた。

「それだけは断じてございませぬ。若佐は、そのような男ではございませぬ。むしろ、絹江殿との縁談を妬んでいたのは、本田様のほうでございます」

「ほう」

左近は、やはり二人には遺恨があると睨み、目を細めた。

すると、見崎が居住まいを正し、左近に言う。

「実はそれがし、昨日、お役目を返上してまいりました」

左近が黙っていると、見崎が続ける。

「若佐兄妹を襲わせたのは本田様ではないかと疑い、そう思いはじめると恐ろしくなり、仮病を使って、お暇をいただいたのでございます」

「本田殿が若佐殿を襲わせたと思う理由はなんだ」

見崎はここに来て、話すことをためらった。額に玉の汗を浮かべている。

「何があろうと、貴殿の名は出さぬ。知っていることを教えてくれ」

左近が言うと、見崎は膝に置いていた手で袴をにぎりしめ、左近の目を見て口を開いた。

「本田様の不正に、若佐が気づいたからでございます」

見崎によると、勘定方として公金を扱う立場にあった本田は、帳簿をごまかして私腹を肥(こ)やしていた。

「本田様は、各方面から上げられる見積もりの額を少しずつ水増しし、合わせて数千両にも及ぶ金を横領していたのです」

左近は、にわかには信じられなかった。

「それだけの金がなくなっていれば、大騒ぎになったはずであろう」

「揉(も)み消されました」

「何……」

左近は、即答する見崎に驚き、言葉を失った。

見崎が続ける。

「数千両もの横領が表沙汰(おもてざた)になれば、罰を受けるのは本田様だけではすみませぬ。それを案じた若佐が、皆のために本田様と二人きりで会い、金を返せば黙っていると申したのです」

「して、どうなったのだ」

「本田様は罪を認められ、魔が差したのだと若佐に泣きながらあやまられ、全額返すと約束されたそうです。若佐は、これで大丈夫だと嬉しそうに申しておったのですが」

「その直後に、襲われたのだな」

「はい」

一命を取り留めた若佐は、襲わせたのは本田だと確信し、本田の不正を訴えた。だが、改易になった者が何を訴えても、言い逃れであろうと返されて聞き入れられなかったという。

「若佐の必死の訴えに応じたこころある目付役が調べたのですが、若佐があると言った不正の証は勘定方の詰め所からは出てこず、帳簿にも落ち度はございませんでした」

「では、若佐殿が嘘を申したのか」

「いえ」

見崎は、辛そうに目を閉じて続ける。

「連座を恐れた当時の上役によって、揉み消されたのでございます」

左近には、思い当たる節があった。

「その上役とは、二月前に病没した勘定奉行か」

「さようでございます」

左近は、目を泳がせた見崎に、問い詰めるように訊く。

「まことに、病没と思うか」

すると、見崎は首を横に振った。

「身体が丈夫なことが自慢の、お奉行でございました」

腹を切ったに違いない、と左近は思った。

見崎が、声を震わせて言う。

「そのお奉行の後釜に本田様が座られると聞いて、わたしは恐ろしくなったのでございます」

仮病を使ってまで、代々受け継いでいるお役を辞する辛さは、相当なものであろう。

見崎の胸の内を察した左近は、いたわるように肩に手を差し伸べた。

「よう話してくれた。あとのことはおれにまかせてくれ」

「甲州様」

何をするつもりかという顔を向ける見崎に、左近は厳しい顔で応じた。

「おれとこうして話したこと、他言無用だ。よいな」

殺気にも似た左近の気迫に押されて、見崎は膝行して下がり、畳に額を擦りつけた。

「ははぁ」

見崎の屋敷を出た左近は、小五郎に本田を探るよう命じ、浅草に足を向けた。

若佐から話を聞くために長屋を訪ねたのだが、腰高障子の丸穴に紐が通され、柱に打ちつけた釘に結ばれていた。

左近が不思議に思っていると、隣の女房が出てきて言う。

「若佐の旦那でしたらお出かけですよ。その紐は、小夏さんが出歩かないようにするためです」

「さようか」

「若くてきれいな娘さんなのに、ほんとに不憫なことです。何があったんでしょうね。旦那はご存じなのですか」

「いや」

左近は、小夏の身に起きた不幸な出来事を話すべきではないと思って白を切り、若佐の居場所を訊いた。

「若佐の旦那でしたら、口入屋さんと出かけましたから、たぶん用心棒のお仕事でしょう」

「どこで用心棒をしているか知らぬか」

「つい先日までは蔵前の札差に通っておられましたけど、辞めたとおっしゃっていたので、今はどこかわかりません。帰りは朝になるとだけ、おっしゃいましたが」

「ふむ。では、出直そう」

左近は、固く結ばれた紐を見てきびすを返すと、長屋をあとにした。

五

小五郎は、夜を待って本田家に忍び込んだのだが、屋根裏に潜んでみると、本田正成の姿はどこにもなかった。

この時本田は、寄り合いから戻らず、吉原にほど近い場所にある料理茶屋筑摩に入り込んでいた。

日本堤は吉原に通う者たちでにぎわい、料理茶屋も大勢の客で騒がしい。

そんな中、離れを貸し切っていた本田は、用人の浅井と二人で酒を飲んでいる。

「失礼します」

酒の追加を持ってきた女将が、常連の本田に三つ指をついてあいさつし、色っぽい目を向ける。

「お殿様、今宵もわたしを差し置いて、よそのいい女とお遊びになるのでございますか」

「おいおい、そのようなことを申すと、本気で口説くぞ」

本田が笑い、女将の手を取って小判をにぎらせた。

「わしは朝までここで飲んでいた。よいな、女将」

「はい、心得ております。では、ごゆるりと」

女将が下がると、本田は浅井と顔を見合わせ、ほくそ笑む。

夜も更け、客の声もしなくなった頃、本田は浅井と共に筑摩を出た。

駕籠も使わず、夜道を歩む本田が向かったのは、吉原ではなく、九品寺の裏にある若佐の長屋だ。

手の者が若佐の長屋を突き止めたのは、今朝のことだった。

本田が襲われた新寺町界隈に網を張っていた手の者が、花川戸町の通りを歩む若佐を見つけて、跡をつけたのだ。

深編笠で顔を隠して歩む本田と浅井は、長屋の路地に入ると、足音を立てぬように進み、若佐の部屋の前に立った。

編笠の端を手で持ち、あたりの様子をうかがう。

朝が早い長屋の連中は寝静まり、若佐の部屋も明かりは消えている。

腰高障子に手を伸ばそうとした浅井が、戸の穴に紐が通され、柱の釘に縛りつけられていることに気づいた。

「殿」

小声で呼び、紐を指し示す。

本田は編笠を取り、腰をかがめて腰高障子の穴から部屋の中をのぞいてみた。

暗くてよく見えないが、月明かりが入る部屋の中で人が寝ているのはわかる。

またいつ斬りかかられるかと怯える日々を送っていた本田に、迷いはない。刀を静かに抜き、紐を切ると、戸をゆっくり開けた。

滑り込むように中に入り、枕屛風の奥に行った本田は、刀を夜着に突き刺そうとして手を止めた。寝ているのは若佐ではなく、小夏だったからだ。

「戸を閉めろ」

あとに続いていた浅井に命じた本田は、刀を鞘に納め、腰から抜いた。

だ。

嬉々とした目を下に向けるのは、小夏が寝間着の裾をはだけて眠っていたから
月明かりの中で白い柔肌をさらす小夏を見て、本田がほくそ笑む。

「あの時と変わらぬ美しさじゃ。たまらぬ」

そう言うなり、若佐が留守なのをいいことに、またも小夏を手籠めにしようとした。

はだけた寝間着の裾に手を伸ばすと、小夏が目をさました。

本田は小夏の口を塞ぎ、柔らかい太腿の奥をまさぐる。

激しく抵抗するかと思いきや、小夏は無表情の顔を本田に向けたまま、呻き声すらあげなかった。

「こ奴、わしを受け入れるのか。あの晩のことを覚えておるのか」

本田は、美しい小夏の顔を見たいと思い、口を塞いでいる手を離した。

「美しい」

そう言うと、本田は小夏の胸をはだけさせ、豊満な乳房に顔をうずめた。

すると、小夏が笑い声をあげた。

驚いた本田が顔を上げると、小夏が手をたたいて笑う。

「貴様、何がおかしいのだ」

立ち上がって怒る本田の言葉など耳に入らぬのか、小夏は起き上がって座り、本田を指差して笑った。

「おのれ、愚弄は許さぬ」

刀に手をかけた時、表で男の悲鳴がした。

夜中に帰った住人が小夏の笑い声を不思議に思い、中をのぞいたのだ。

すぐさま浅井が追い、逃げようとした男の口を塞いで背中に脇差を突き刺した。

物音に気づいた長屋の者が起きてくる気配がする。

「殿！」

浅井に逃げるよう促された本田は、この期に及んでも笑い続ける小夏に怒りの形相を向け、抜刀して斬りつけた。

息を大きく吸い込み、苦痛に顔を歪めて倒れた小夏は、呻き声をあげて本田の足に手を伸ばした。

その小夏を冷徹な目で見下ろした本田は、小夏の背中に刀を突き入れてとどめを刺し、裏から逃げ去った。

六

翌朝、用心棒の仕事を終えて帰った若佐は、長屋の木戸を奉行所の役人が守っているのを見て驚き、駆け出した。

路地に入ろうとするのを六尺棒(ろくしゃくぼう)で止めるので、何があったのかと問うた。

すると役人は、殺しだと答えた。若い女と男が、何者かに襲われたと言う。

「小夏」

妹を案じた若佐は、役人の制止を振り切って路地を走った。

部屋の前には、人だかりができている。

若佐に気づいた隣の女房が駆け寄り、

「小夏さんが、小夏さんがぁ」

と、しがみついて泣くではないか。

ぞっとした若佐は、人をかき分けて部屋に行く。すると、小夏が変わり果てた姿で横たわっていた。

役人たちは、寝間着が乱れた小夏の身体を隠しもせずに、部屋の中を調べている。

「小夏！」

若佐は大声をあげて小夏に駆け寄り、冷たくなった身体を抱き起こした。

「おい、勝手に触るな」

「うるさい！」

若佐の怒鳴り声に、岡っ引きが閉口する。

同心が十手を肩に当てながら、家の者かと訊いた。

若佐が名を名乗り、兄だと答えると、うなずいた同心は、十手の先で部屋の中を指し示しながら、推測を述べた。

「これは、恨みによる殺しと見た。若佐殿、心当たりはござるか」

「ある」

若佐が言うと、同心が満足そうにうなずく。

「して、その者の名は。どこに住まいしておる」

「教えたところで、町方には手が出せぬ相手だ」

同心は岡っ引きと顔を見合わせた。長屋の連中の手前、体裁を取り繕うように若佐に言う。

「それはおぬしが決めることではない。思い当たる者の名を言ってみろ」

「次期勘定奉行、本田正成だ。奴の仕業（しわざ）に間違いない」

若佐が言うと、同心は目をくるりと回した。

「なるほど、なるほど」

十手を帯に戻した同心は、岡っ引きに顎（あご）を振って促す。

かわった岡っ引きが、迷惑そうな顔で応じて、若佐に訊いた。

「旦那、そのお方がやったという証はあるんですかい」

「証などない。だが、奴しかおらぬ」

「それは思い込みというものでしょう。それじゃ、いけませんや」

「町方には頼らぬ。帰ってくれ」

「そうはいきませんや」

「いいから帰れ！」

刀をつかんで睨み上げると、岡っ引きが跳び退（の）き、同心は外に出た。

「頭を冷やせ、若佐殿」

同心の言葉など耳に入らぬ若佐は、岡っ引きを追い出して戸を閉めた。

「旦那、どうしやす」

岡っ引きに訊かれて、同心は舌打ちをした。

「あの様子は、尋常ではない。どうやら、嘘ではなさそうだな」

「とすると、下手人は勘定奉行。こいつは相手が悪いです。お奉行様にご報告いたしやしょう」

「なんの証もないことをお奉行に申し上げたところで、どうにもならんと思うがな」

町奉行所の出る幕ではないと言い、同心はあとのことを岡っ引きに丸投げして、さっさと引きあげてしまった。

「ったく、侍が絡むといつもこれだ」

吐き捨てた岡っ引きが、同心にかわって場を仕切り、巻き添えで殺された長屋の男を部屋へ運んだ。

一家の大黒柱を殺されて、大泣きする女房と子供。

その部屋の戸口に立った若佐は、すまぬ、と詫び、懐から小判一枚を取り出し、女房ににぎらせた。

「こんな物より、うちの人を返してください。返して」

つかみかかる女房にされるがままの若佐を見かねて、岡っ引きが止めに入った。

「やったのは旦那じゃねぇんだ。恨む相手が違うぜ」

「いいんだ、親分」

若佐はそう言って、拳をにぎりしめている子供を見た。

「おとっつぁんの仇は、必ず取る」

若佐は、親子に深々と頭を下げ、その場を立ち去った。

「旦那、ちょっと旦那、どこへ行かれるんです」

追ってきた岡っ引きに、若佐が振り向く。

「小夏の枕元に、弔い料を置いております。親分、小夏の弔いを頼みます」

「旦那、まさか、死ぬ気ですか」

若佐は答えずに頭を下げ、岡っ引きが止めるのも聞かずに長屋から出た。

七

料理茶屋筑摩の朝湯で血の臭いを落とした本田は、その足で城へ向かい、何食わぬ顔で一日の役目をこなしている。

本田の屋敷に忍んでいた小五郎は、下人に化けて城に入り、勘定方の仕事をする本田を監視している。

――昨夜はどこへ泊まったのか。

そう思いつつ、小五郎は庭の掃除をし、本田の動きに目を光らせた。

次期勘定奉行が決まった本田の部屋は、人が休みなく訪ねている。

皆が平身低頭(へいしんていとう)してあいさつをし、己の保身を願う者、出世を狙う者の息遣(いきづか)いが交錯(こうさく)する中に身を置く本田は、まるでその者たちの精気を吸い取っているように生き生きとした顔をしているが、目は、欲と野望に満ちたどす黒い本性を表すように濁(にご)っている。

「我が殿とは、正反対の目だ」

頬被(ほおかぶ)りの奥から鋭い目を向けていた小五郎が、ぼそりとつぶやく。

背後に気配を察して目を向けると、かえでが潜んでいた。

小五郎がほうきを持って歩み寄り、落ち葉を集めるふりをする。

かえでは、常人には聞き取れぬほどの小さな声でつぶやいた。

左近からの伝言は、小夏の死と、若佐が姿を消したというものだった。

本田の仕業だと同心に告げた若佐が、敵討(かたきう)ちに来るかもしれぬので、阻止して若佐の命を守れという命令だ。

「わかった」

応じた小五郎は、かえでと別れて庭掃除に戻る。

下城の刻限になると、本田は迎えの馬にまたがり、屋敷への帰途についた。供侍が多いのは、若佐の襲撃を警戒してのことに違いない。

「自ら下手人だと白状したも同然だ」

物々しい警戒ぶりに、小五郎がそう独りごちると、表情を鋭くした。

小五郎は、人気の少ない堀端の通りをもっとも警戒した。だが、若佐は現れなかった。

結局、何ごともなく本田が屋敷に入るのを見届けた小五郎は、夕暮れの道を裏に回り、あたりを見回して塀に跳び上がると、母屋の屋根裏に忍び込んだ。

妻の手を借りて着替えた本田は、夕餉をすませ、居間でくつろいでいる。

甲州忍者の頭目である小五郎は、何日ものあいだ、飲まず食わずで屋根裏に潜むことができる。

これまで本田の悪事の証を何もつかめていない小五郎は、息を殺して潜み、尻尾を出すのを待った。

昼間は城の庭、夜は本田家の屋根裏で過ごす日が続き、四日目の朝を迎えた。

本田は尻尾を出さず、若佐も現れない。

――若佐はどこに潜んで機会を狙っているのだろうか。

そう思っていると、天井の下で浅井の声がした。

「殿、御目付役が話を聞きたいと申しております」

「何、目付じゃと」

「はい。おそらく、若佐が訴えたに違いありませぬ」

「浪人者が訴えたところで、どうにもならぬ。菊の間に通せ」

「はは」

程なく、菊の襖絵(ふすまえ)が見事な客間に通された二人の目付役が、奉行所から知らせがあったと前置きをして、本田を尋問(じんもん)した。

小夏を殺したのは本田に違いないと若佐から聞いた同心が、町奉行に報告していたのだ。

だが、目付役の取り調べは厳しいものではなく、形だけですます程度のこと。

四日前の晩は何をしていたかと訊かれて、本田は腕組みをして考える顔をした。

「四日前……ああ、思い出しました。ご公儀と奥の手前、大きな声では申せませぬが、遊んでおりました。日本堤のそばにある料理茶屋筑摩に泊まっておりました」

「証を立てられますか」

本田は、絹江を気にするように襖を見て、声を潜めて言う。

「筑摩の女将を訪ねるがよろしかろう。ただし、くれぐれもご内密に願いますぞ。ご公儀のお咎めはもちろんのこと、奥に知れたら大ごとになりますゆえ」

本田は袂から小判を取り出し、目付役の手にそっとにぎらせた。

「なるほど」

苦笑しながらも小判を袂に納めた目付役は、最後にひとつ、と言って切り出した。

「若佐は、何ゆえあなた様が下手人だと申したのでしょうか」

鋭い眼光を向けられても、本田は動じなかった。

「ただの逆恨みでしょう」

「逆恨み？」

「さよう。若佐とそれがしは、元同輩。その同輩であるそれがしが出世したと知り、やっかんでおるのです。ご存じかもしれぬが、それがしの妻は、元は若佐の許嫁でござった。その許嫁を娶り、出世までしたそれがしを、若佐は恨んでおるのです。改易となった己の不甲斐なさを人のせいにして、それがしを陥れよう
「むろんです」

としたのでしょう」

「なるほど、それは迷惑なことでございますな」

「若佐のことはともかく、夜遊びと外泊のことは、くれぐれも内密に願います」

「わかりました」

応じた目付役が、男同士の秘密だと言うように、薄笑いを浮かべた。

「お手間を取らせました。これにてごめん」

などと言い、目付役の二人はそそくさと帰っていく。

甘い問い詰め方に、小五郎は唇を噛みしめる思いで潜んでいる。

反対に、本田は浅井の前であぐらをかき、

「ふん、容易いのう」

と鼻で笑う。

「布石がここで役に立つとは、さすがは殿。おそれいりました」

「ふっふっふ。女将の証言がある限り、わしの仕業だと証し立てすることはできぬ」

勝ち誇ったように言う本田の前で、浅井が長押に掛けてある槍に手を伸ばし、音も立てずにつかんだ。

それを受け、本田はじろりと天井を睨み、

「さて、わしは出かけるとしよう」

何ごともないように告げる。

浅井が、槍の鞘をはずす。

その刹那、無言の気合と共に天井を貫いた。

梁の上で横になり、耳を天井板に近づけていた小五郎は、目の前に突き出た穂先を無心で見つめている。気を少しでも乱せば、即座に悟られるからだ。

槍はすぐ引き抜かれた。

浅井は穂先を見つめて、血の曇りを探した。

「曲者が潜んでおるのか」

本田が訊く。

「いえ、気のせいでございました」

浅井が頭を下げ、槍を長押に戻した。

「わしは登城する」

「今日は町の祭りで神輿が出ます。駕籠になされませ」

「うむ」

「すぐに支度をいたします」

式台につけられた黒塗りの駕籠に乗る前に、本田は浅井に念を押した。

「人が多い道を通る時は、くれぐれも油断するな」

「おまかせください」

浅井がぴったりと付き添う駕籠は、屋敷の表門から出た。

小路をくだり、城の堀端に出て神田橋御門に向かっていると、町家の小道から神輿担ぎの威勢のいい声が聞こえてきた。

「急げ」

本田が駕籠の中から命じる。

歩を速めた一行が橋を渡ろうとした時、先頭の供侍が立ち止まった。

橋の袂に現れた男が、行く手を塞いでいる。

前に出た浅井が、唇に笑みを浮かべた。

「現れたな、若佐利重」

若佐は、羽織を取って襷がけの姿を見せ、抜刀した。目を赤くして歯を食いしばり、恨みを込めて言う。

「よくも妹を殺してくれたな。関わりのない長屋の男の無念も、ここで晴らす」

「なんのことだ」

「黙れ！　貴様ら以外には、誰も思いつかぬわ！」

「ふん、つまらぬ言いがかりだ。浪人者め、勘定奉行の駕籠を止めたこと、許さぬぞ」

浅井はそう言うと、刀を抜いて正眼に構えた。若佐の周囲を、本田の家来が取り囲む。

その様子を見た小五郎が、若佐を助けるために走った。だが、目の前に神輿の集団が現れ、小五郎は人の波に呑み込まれた。

「どいてくれ、どけ！」

小五郎は抗ったが、熱狂した祭り男たちが止まるはずもない。

小五郎は男たちに押し返されつつも、若佐から目を離さなかった。

刀を構えた若佐は、気合を発して浅井に斬りかかった。

一の太刀をするりとかわした浅井が前に出て背後を取り、左手でさっと刀を振るう。

びくりと背を反らした若佐が、驚きの顔を向ける。若佐の着物の背中が斬り割られ、まだ赤みを帯びた傷跡が露わになった。

刀を左手に持っている浅井が、鋭い目をして言う。

「ほう、少しは上達したようだな」

そう言われて、若佐は目を見開いた。

「その太刀筋が何よりの証。おれの屋敷に押し入ったのは貴様だな」

「いかにも。こたびは、同じしくじりはせぬ」

「妹を手籠めにしたのも貴様か」

「ふん」

浅井は鼻で笑い、刀を正眼に構え、下段に転じる。

「おのれ」

刀を脇構え（わきがまえ）にした若佐は、恨みを込めて叫びながら走り、浅井に斬りかかった。

脇構えから振り上げて袈裟懸け（けさが）けに打ち下ろした若佐の刀を、浅井は弾き（はじ）上げ、

「むんっ！」

返す刀で斬り下げる。

「うっ」

短い呻き声をあげた若佐に背を向けた浅井が、血振り（ちぶ）りをして納刀（のうとう）した。

その後ろで若佐は刀を落とし、膝から崩れるように倒れた。

呻き声をあげる若佐の横に片膝をつき、浅井が言う。

「貴様の妹はいい女だったと、殿が仰せであったぞ」

「お、おの、れ」

「あの世で待っておろう。早く行ってやれ」

浅井はそう言うと立ち上がり、家来に顔を向けた。

「登城の刻限じゃ。者ども急げ」

何ごともなかったように命じると、供侍たちが行列を整え、駕籠が動き出す。

本田は、駕籠の引き戸を少しだけ開け、地べたでぴくりとも動かぬ若佐を見下ろすと、口を歪めて笑みを浮かべた。

ようやく神輿の騒ぎから抜け出した小五郎が走り寄り、若佐を仰向け(あおむ)にさせた。

「おい、しっかりしろ」

頬をたたくと、若佐が薄目を開けた。

「煮売り屋の、大将……」

「しゃべるな。今、助ける」

小五郎が傷を見たが、胸を骨まで断(た)たれている。息をしているのが不思議なほどの傷だ。

そこへ、左近が駆けつけた。

左近は、登城する本田を若佐が襲うことを警戒し、人気がない曲輪内の小路を見張っていたのだが、神田橋御門外で騒ぎがあったと聞き、やってきたのだ。

「殿」

小五郎が言うのにうなずき、左近がそばに片膝をつく。

若佐は、小五郎に殿と呼ばれた左近を見て、消え入りそうな声で訴えた。

「わたしの屋敷を襲ったのは、本田と、用人の浅井」

「本田は、公金横領の証を消すために、そなたを襲ったのだな」

「あ、証は、ほ、本田が持って――」

そこまで言ったところで若佐の身体から力が抜け、こと切れてしまった。

左近は痛恨の表情で目を閉じ、すぐに怒りに満ちた目を開けた。

「小五郎」

「心得てございます」

左近が命じるまでもなく、小五郎は風のごとく立ち去った。

八

「そうか、若佐はもうこの世におらぬか」

森田備後守は、神田橋御門外でのことを聞いて本田の屋敷を訪ねたのだが、若佐の息の根を止めたことを聞き、浅井に顔を向けた。

「さすがは剣の達人だけのことはある。褒めてつかわす」

「はは」

下座に控える浅井が、したり顔で頭を下げた。

「これで、邪魔者はすべていなくなった。安心して役目に励めるのう」

森田が言うと、本田が笑みで頭を下げる。

「ほとぼりが冷めましたら、今度は一万両を頂戴いたします」

「一万両か。それだけあれば、賂には十分じゃ。方々へばらまいて、出世への土台作りをいたそうぞ」

「いよいよでございますな」

「うむ」

森田と本田がくつくつと笑うところへ、絹江が現れた。

不安そうな顔をする絹江に、本田がどうしたのかと訊く。

「先日の御目付役が来られました」

「夜に来るとは無礼な」

「こたびは、厳しい顔をしておられます」

本田が森田を見ると、

「わしがついておる。案ずるな」

森田が通せと応える。

「絹江、奥へ入っていなさい」

本田が言うと、森田が付け加えた。

「何があっても、出てくるでないぞ」

絹江は応じて、屋敷の奥にある自室に入った。

程なく通された目付役の二人が、鋭い目を森田に向けて頭を下げ、本田に告げる。

「本田殿、夕暮れ時に、このような物が届けられましたぞ」

そう言って差し出した帳面を見て、本田が愕然とした。

「こ、これは」

そんな馬鹿な、と言って慌てて隣の自室に行き、襖の奥にある錠前付きの扉を開けた。

あるはずの不正の証の帳面がない。

「どうしたのだ」

追ってきた森田が問いただすと、顔面蒼白となった本田が振り向き、帳面が盗まれていると言う。

森田が驚いた。

「では、目付が持ってきたのは……」

「我らの悪事が、露見しております」

歯を食いしばり、喉の奥から呻き声を出した森田の顔が、鬼の形相に変わった。

「あの二人を生かして帰すでない。殺して帳面を奪えば、なんの証も残らぬ」

「しかし」

「ええい、やらねば我らはしまいじゃぞ」

言った森田が、刀掛けの刀を取り、本田に押しつけた。

「あとはわしがうまくやる。斬れ」

「はい」

本田が抜刀して鞘を捨て、襖を開け放つと、目付役の二人がぎょっとして立ち上がる。

「浅井！」

「心得ました」

本田に応じた浅井が抜刀し、庭へ逃げようとした目付役の前に立ちはだかると、刀を振り上げた。その刹那、腕に小柄（こづか）が突き刺さった。

「うっ」

痛みに顔を歪めて振り向いた浅井の前に現れたのは、藤色の単姿（ひとえすがた）の左近だ。

「おのれ、何奴だ！」

怒鳴る浅井を突き飛ばして庭に駆け下りた目付役の二人が、左近に片膝をついて頭を下げる。

「おっしゃるとおり、素直に応じる相手ではございませんでした」

「この者どもは、おれが成敗いたす」

左近が言うと、目付役が抜刀して助太刀（すけだち）を申し出た。

左近が前に出ると、浅井が廊下に立ち、森田と本田が後ろに続いた。

「貴様、何者だ」

森田が怒鳴ると、目付役が前に出た。

「控えよ、甲府藩主、徳川綱豊様であるぞ」

「こ、甲州様じゃと」

数々の事件を解決している左近の武勇伝を知る森田が驚愕し、よたよたと後ろに下がり、両膝をついてうな垂れた。

「しまいじゃ」

「何を仰せか舅殿。まだ我らに勝機はございますぞ」

言った本田が、

「であえい！」

大声をあげた。

森田と本田の家来が十数名現れ、庭にいる左近たちの前に立ちはだかった。

「良心ある者は去れ。悪に与する者は、葵一刀流が斬る」

左近が言い、安綱の鯉口を切る。

「斬れ、斬って捨てい！」

本田の命に応じた家来たちが一斉に抜刀し、左近に襲いかかった。

最初に斬りかかった家来を一撃のもとに倒すと、葵一刀流の剛剣の凄まじさに、家来たちの足が止まった。

左近は安綱の切っ先を本田に向け、前に出る。

その横から斬りかかろうとした家来を、目付役の一人が押し返した。

それを機に乱戦がはじまり、左近は斬りかかる家来どもを次々倒した。

乱戦に乗じて逃げようとした森田の前に小五郎が現れ、刃を向けて押し戻す。

奥の部屋から出た絹江が、懐刀を抜いて小五郎を刺そうとしたが、かえでが腕をつかみ、手刀で手首を打ってたたき落とした。

絹江が悔し涙を流すのを見た森田が、辛そうに目をつむっている。

庭では、家来を倒した左近の前に、浅井が立ちはだかった。

「我の剣、受けてみよ」

正眼に構える浅井に対し、左近は下段で応じた。

「やあっ！」

気合を発する浅井に左近が斬りかかると、切っ先をかわして前に出た浅井が、左手で刀を振るって左近の背を斬った。

だが、左近は安綱を後ろに回し、浅井の必殺技を受け止めている。

己の剣が通用しないことに驚いた浅井が、左近の剣気に圧されて跳びすさる。

左近は、若佐を斬った浅井に安綱の切っ先をゆっくりと向け、ふたたび下段に転じる。

じりっと前に出るや、一拍の間を置いて相手を誘う。

それを隙と見た浅井は、正眼から刀を振り上げて斬りかかってきた。

左近は俊敏に前に跳び、安綱を振るって浅井とすれ違う。

刀を打ち下ろす前に胴を斬られた浅井は、大きく目を見開いていたが、口から血を流して倒れた。

手練の浅井が倒されたのを見て、森田は抵抗をあきらめてその場にへたり込んだ。だが、本田はあきらめない。

庭に跳び下り、左近に刀を向ける。

目付役があいだに入ろうとしたのを、左近が手を向けて制した。

「若佐兄妹の無念は、余が晴らす」

「黙れ！」

本田が叫び、刀を振り上げて斬りかかった。

左近は、その一撃を紙一重でかわし、

「むん！」

安綱を振るい、本田を袈裟懸けに斬った。

折り重なるように横たわる本田と浅井を見下ろした左近は、長い息を吐いて、安綱を鞘に納めた。

後日、目付役からの報告を受けた将軍綱吉（つなよし）は、森田と本田の所業に激怒し、森田に切腹を命じると共に、お家断絶の沙汰（さた）をくだした。

これには、森田から賄賂（わいろ）を受け取っていた者たちが恐れおののき、公儀の調べが及ぶ前に自ら名乗り出て、悪事を知らずに受け取った賄賂を返金したという。

その総額は、実に二万両にも及んでいた。

将軍綱吉から直々（じきじき）にお褒めの言葉を頂戴した左近であるが、不正に気づき、訴えたにもかかわらず謀殺（ぼうさつ）された若佐兄妹のことを告げ、綱吉に若佐家の再興を願い出た。

左近の願いは聞き入れられた。

綱吉の命により、若佐家は、利重の従弟（いとこ）に当たる者に家督（かとく）を継がせることが許され、その者の元服（げんぷく）を待って、一年後に再興が叶（かな）った。

従弟が将軍綱吉に拝謁（はいえつ）を許されたのは、若佐利重の命日であったという。

第二話　左近、用心棒になる

一

「左近、今日はよい天気だ」

岩城泰徳が空を見て、気持ちよさそうに言う。

それに誘われて、新見左近も空を見上げた。

昨日の大雨とは打って変わって、江戸の空はからりと晴れ渡っている。

久々に岩城道場を訪ねて、泰徳と汗を流した左近は、昨夜は門人たちと酒を飲み、そのまま泊まっていた。

昼前には藩邸に帰ろうとしていたのだが、源森川のほとりに旨い煮売り屋ができたと泰徳に誘われて、帰るついでに寄ってみることにした。

小五郎の店にも劣らぬ煮物が売りだと泰徳が言うだけあり、まだ昼前だというのに行列ができていた。

どうするか、と泰徳が訊いてきたが、せっかくなので待つことにした。

およそ半刻（約一時間）ほど待って、ようやく店に入った。

小女に酒と煮物を注文し、運ばれてきた煮物を肴に泰徳と酒を酌み交わす。

泰徳の言うとおり、大根やこんにゃくの煮物は出汁がたっぷり染みており、小五郎の味付けとはまた少し違って味わい深い。

「店は混雑しているが、待った甲斐があったな」

左近が言うと、酒を飲んでいた泰徳が笑みを浮かべる。

「甲州の殿様が、庶民と煮物を食べるのを見ながら酒を飲むのも、また一興」

「おい」

左近は周囲の目を気にしたが、誰も気づいていないので安心した。

「次は、お琴を連れてきてやってくれ。あいつ、近頃取り憑かれたように仕事ばかりして、父上にも顔を見せに来ぬ。たまには気晴らしをせぬと、そのうち倒れるんじゃないかと心配なのだ」

「わかった」

左近が約束すると、泰徳がしてやったりという顔をする。

「約束したからな」

「うむ」

半刻ほど酒と煮物を楽しんだあと、二人は腰を上げた。

今日はおれのおごりだと言って、泰徳が勘定を置く。

本所から浅草に渡る竹町の渡し場まで送ると言うので、左近は泰徳と肩を並べて歩いていた。

悲鳴が聞こえたのは、大名屋敷のそばを歩いていた時だ。

左近と泰徳は、顔を見合わせるなり走り出していた。

漆喰の白壁の角から、店の小僧と思しきなりをした子供が逃げてきた。

「どうした！」

泰徳が声をかけると、

「旦那様が、旦那様が」

小僧は、逃げてきた辻を指差して言う。

追ってきた曲者が、左近と泰徳に気づいて立ち止まり、きびすを返して戻る。

「そこの辻番に走れ」

泰徳が小僧に言い、曲者のあとを追った。

その時にはもう、左近は辻を曲がっている。

人気がない道に人が倒れ、別の曲者が仰向けにして懐を探ろうとしている。

「急げ！」

小僧を追っていた曲者が、その者に叫ぶ。

曲者が、倒れた者の懐から何かを盗み取ろうとしているが、倒された者が、呻き声をあげながら抵抗している。

左近は小柄を投げた。

小僧を追った曲者が弾き飛ばしたが、左近が安綱を抜いて走る。

左近の後ろから泰徳が来るのを見て、曲者が怯んだ。

「退け、退け！」

懐に手を伸ばしていた仲間の袖をつかみ、逃げていく。

左近はあとを追ったが、大川の岸に駆け下りた曲者は、待たせていた舟に飛び乗り、岸を離れた。

覆面で顔を隠している曲者が左近に振り返り、刀を納めて座る。

左近は追うための舟を探したが、運悪く、岸に着けている舟はなかった。

仕方なくあきらめて戻ると、斬られた男のそばにいた泰徳が、だめだという目顔で首を横に振った。

「今わの際に、これを託された」

息子に届けるよう頼まれたと言って見せたのは、帳面だ。

帳面には、天城屋長兵衛と書かれている。

左近が中を見ると、金の貸付先と金額がびっしり書き記されていた。

「金貸しの者か」

泰徳に渡すと、

「手広い商売をしているようだな」

中を見て、感心したように言う。

「そこで何をしておる」

背後の声に左近が振り返ると、壮年の侍が眉をひそめていたのだが、左近の足下に横たわる商人を見て驚愕した。

「や、長兵衛」

言うなり左近を睨み、刀に手をかけた。

「おのれ浪人！　長兵衛を斬ったな！」

「待て待て」

あいだに割って入った泰徳が、岩城道場の者だと名乗ると、侍は刀の柄から手を離した。

今や本所だけでなく、江戸中に名を知られた岩城道場だ。

その岩城道場の師範であると知り、侍は慌てた。

「これはご無礼つかまつった。拙者、直参旗本の川田家用人、玉山でござる」

堂々と名乗ったが、名乗り終えるとすぐに、沈痛な面持ちで長兵衛のそばに歩み寄った。

「いったい誰が、長兵衛をこのような目に」

「斬ったのは二人組の侍だ。顔を隠していたが、身なりからして浪人者ではない」

泰徳が言うと、玉山は、

「ああ、どうすればいいのだ」

とつぶやいて、がっくりと首を垂れた。

玉山が言うには、長兵衛は川田家に金を届けに来る約束をしていた。

左近が、長兵衛がにぎりしめていた巾着を調べると、五十両の大金が入っていた。

玉山は、左近が持つ小判を物欲しげに見つめながら言う。

「我が殿が、長兵衛に借りる約束をなされたものでござる。恥ずかしながら、それがなければ、我が川田家は立ちゆかぬのだ」

幕府から受け取る俸禄米は、札差の天城屋への返済に消え、新たに借り受けなければならないと言う。

「天城屋は、札差であったか」

左近が言うと、玉山がうなずいた。

「道中を案じて迎えに来たのだが、胸騒ぎが当たってしもうた」

「長兵衛は、人に命を狙われるほど、あくどい商売をしていたのか」

左近が訊くと、玉山が、とんでもないと言って、手をひらひらとやる。

「長兵衛は、儲かるとは思えぬ安い利息で金を貸している。まあ、強いて言うならば、取り立ては厳しい。それゆえ、借り手と揉めることが多い。町人だけでなく、旗本、御家人、大名家にまで貸しておるので、武家に対して取り立てを厳しくすれば恨まれると申しておったのだが、何せ頑固者ゆえ、忠告を聞かぬ。いつかこのような日が来るのではないかと、案じておったのだ」

「なるほど」

「それにしても困った。困ったのう」

金が入るあてを失った玉山は、頭を抱えて座り込んでしまった。

泰徳は、駆けつけた町役人（ちょうやくにん）と辻番の者に頼み、長兵衛を天城屋に運ばせた。

左近と泰徳も共に行き、玉山も同道すると言ってついてきた。

蔵前の天城屋に着くと、変わり果てた父親の亡骸（なきがら）に息子がしがみつき、人目もはばからず泣きわめいた。

二十三だという息子は、番頭や店の奉公人たちから声をかけられ、こころを落ち着かせると、左近たちに改めて礼を述べた。

「息子の長太郎（ちょうたろう）でございます。新吉（しんきち）をお助けいただき、ありがとうございました」

小僧の新吉は、目の前であるじが斬られた衝撃で、部屋に籠（こ）もってしまっていた。

幼（おさな）い奉公人を案じて付き添っていた長兵衛の娘が姿を見せると、長太郎の横に座って頭を下げる。

「娘の幸（さち）でございます」

幸は、長太郎の二つ下の妹だ。

泰徳は、兄妹の前に帳面を差し出した。

「これは、お父上から託された物です」

「ありがとうございます」

受け取った長太郎が帳面を見て、布団に寝かされた長兵衛に目を転じてため息をついた。

「だから、金貸しなんか辞めろと言ったんだ」

金貸し稼業にうんざりした様子の長太郎を見た玉山が、慌てた顔をして膝を進めた。

「まさか、金貸しを辞めるとは言わぬよな、長太郎」

「玉山様……」

二人は親しいらしいが、長太郎は何も答えなかった。

「このとおりだ。辞めないでくれ」

玉山が頭を下げた。

あるじの長兵衛がこの世を去ったとて、証文がわりの帳面がある限り、川田家の借財が消えることはない。それゆえ、跡継ぎの長太郎が金貸しを辞めて札差仲間に帳面を売ってしまえば、権利は買い取った者の物だ。

その者が、長兵衛のように安い利息で金を貸すとは思えない。となると、川田家は、高い利息で金を借りなければならなくなる。

玉山は、今の川田家には、これに耐えうる余力がないと言う。

頭を下げる玉山に、長太郎は慌てた。

「お手をお上げください。わたしは、父のようにはなりたくないのです。これを機に、金貸しを辞めようと思います」

長太郎の意志を聞いて、玉山が愕然とした。

「しまいだ……このままでは、川田家の者は飢え死にする」

「そう気を落とすな」

玉山に声をかける左近に、泰徳が小声で教えた。

「川田家といえば、子だくさんで知られた家だ。男女合わせて、二十人の子がいる」

左近が驚いていると、玉山がどっと疲れたような顔を上げた。

「さすがは岩城殿、ようご存じですな。殿は子供好きに加えて、類い稀なる絶倫。わずか二百俵の蔵米取りでござるが、奥方様とのお子が十人、二人のご側室とのお子が、それぞれ五人ずつ……しかも、今は食べ盛り。家来の食う飯をお分けしても、足りぬのです」

「それは、難儀なことでしょう」

泰徳は、心中お察しする、と言い、玉山を哀れんだ。

「いや、仏を前に、いらぬ愚痴をこぼしました」

玉山はそう言って、長兵衛に手を合わせて詫びた。

川田家の事情を知った長太郎が、長兵衛が貸すと約束していた五十両を差し出す。

「よいのか」

「子供が食えないと聞いてしまっては、すぐ辞めるわけにはいきません。辞めるにしても、同じ条件で引き継いでくれるお方を探してお譲りしますので、ご安心を」

「かたじけない」

玉山は安堵し、五十両を押しいただくようにして懐に納めると、物言わぬ長兵衛にふたたび手を合わせた。

長太郎は、番頭に用意させた包金を、左近と泰徳に差し出した。

おそらく、十両は入っている。

「父がお世話になりました。どうぞ、お納めください」

「そのようなことは気にせずともよい。それより、帳面を人に譲るのは待ったほうがよい。長兵衛殿を襲った者は、帳面が狙いだ」

左近が言うと、泰徳もうなずき、長太郎に訊く。

「長兵衛殿を襲ったのは、いずれかの家中の者と思われるが、心当たりはないか」

長太郎は、わからないと言って首を横に振る。

「あとは町奉行所におまかせいたしますので、どうぞ、お気遣いなさらないでください」

長太郎が頭を下げると、

「相手は侍だ。左近を頼ってみてはどうだ」

泰徳が左近の顔を見ながら、長太郎にすすめた。

「ありがとうございます。ですが、日頃お世話になっているお武家様もおられますので、大丈夫でございます」

長太郎はそう応えたが、

「お願いします」

お幸が口を挟み、左近に頭を下げた。

「どうか、兄を守ってください。このままでは、おとっつぁんと同じ目に遭う気がするのです」

「お幸、やめないか。迷惑だろう」

「だってそうでしょ、兄さん。帳面が戻ったことを相手が知ったら、きっとまた襲ってくるわ。この家に押し入ってくるかもしれないのよ」

「確かにそうだな」

玉山が言い、左近に頭を下げた。

「拙者からも頼む。この用心棒になってくれ」

「いや、おれはそういう意味で言ったのではないのだが」

泰徳が慌てたが、玉山が、頼むと左近に懇願(こんがん)する。

「用心棒か」

困った顔をする左近に、玉山が顔を上げた。

「どうせ食い詰め浪人であろう。難しい顔をせずに引き受けぬか」

玉山の偉そうな言い方に腹を立てた泰徳が、

「何を申すか」

このお方はな、と言って身分を明かそうとしたので、左近が制した。

「このお方が、なんでござる」

訊く玉山に、泰徳が咳払(せきばら)いをしてごまかす。

「いや、親が金を持っているのでな。この左近は浪人だが、金には困っておらぬのだ」

「浪人が金持ちとは、珍しい」

首をかしげた玉山であるが、

「いや、うらやましい限りだ」

そう言って、左近に苦笑いを向ける。

「新見殿、親の脛齧り(すねかじ)りもよいが、たまには人のために働いてみよ。頼む」

兄妹のために頭を下げる玉山に、左近は根負けした。

「わかった。今日から、ここに泊まることにいたそう」

左近が言うと、玉山が喜び、長太郎が驚いた。

「ほんとうに、よろしいのですか」

「うむ」

長太郎は内心不安に思っていたらしく、目を赤くして唇(くちびる)を震わせると、両手をついて頭を下げた。

「よし、左近が受けるならおれも付き合う」

泰徳が言い、長太郎に頼んで、道場に人を走らせた。

軽い気持ちで煮物を食べに行った左近と泰徳は、思わぬなりゆきで、用心棒をすることになったのである。

長兵衛の葬式は、近くの元本寺でおこなわれた。長兵衛が殺されて、三日後のことだ。

二

泰徳は一旦道場に帰ると言うので、左近は小五郎への使いを頼み、寺に入った。

これまで、怪しい者は現れていない。

葬儀が無事終わるのを見届けた左近が、長太郎と共に天城屋に戻ると、通りで小物を売る小五郎がいた。

左近は、天城屋に近づく怪しい輩を見張らせるために、小五郎を呼んだのだ。

小五郎と目を合わせて小さくうなずき、天城屋に入った。

先に戻っていた泰徳が、父親の雪斎が張り切って道場を仕切っていたと笑う。

親戚たちが帰り、家が落ち着いたところで、左近は長太郎に話を切り出した。

「長太郎、長兵衛を襲った相手が来るのを待っていては、埒が明かぬ。一日も早く下手人を捕らえるためにも、貸し付けている相手に会うてみてはどうか」

「そのようなことをして、下手人がわかるのですか」

「相手の顔色を見ればわかるかもしれぬが、すべて回るのは骨が折れる。長兵衛が特に揉めたことがある相手と、返済が滞（とどこお）っている者がわかればよいのだが」

「それでしたら……」

長太郎は番頭を呼んだ。

「浩助（こうすけ）、浩助」

帳場にいた浩助が、はい、と返事をして、腰を折りながら居間へ入ってきた。

「ここへお座り」

長太郎が左近の前を示すと、浩助は恐縮して正座した。

「近頃、お金のことで特に揉めていた人は誰だい」

「山口屋（やまぐちや）の女将（おかみ）さんです」

浩助が言うと、長太郎が帳面をめくった。

「浅草の旅籠（はたご）だね。女将の名はお富（とみ）。貸している額は百両だけど、返済は二十両ずつ、きちんとされているね。どうして揉めているんだい」

「それが、このところ客がめっぽう減ったと申されて、まとめて二年分を返すので、一年待ってくれと言われて、旦那様がお断りになられたのです」

「なるほど」

長太郎は左近に顔を向けた。

「山口屋の女将さんは、お武家ともお付き合いがございます。まずは、ここに行ってみますか」

「うむ。明日の朝行こう」

浅草寺（せんそうじ）を訪れる参拝客（さんぱいきゃく）を主に泊める山口屋は、駒形町（こまがたちょう）の浅草寺領にあり、大川を望める人気の宿だが、最近目と鼻の先に、新しくて大きな旅籠が商（あきな）いをはじめたことで、客を奪われていた。

通りから見ても、客の出入りの差は大きく、長太郎は、これは危ないね、と言って山口屋の暖簾（のれん）を潜（くぐ）った。

「なんですって！」

長兵衛の死を知らされて、お富は絶句した。

「あぁ」

と声をあげて突っ伏し、背中を揺らしている。

左近は一瞬、笑っているのかと思い、泰徳と顔を見合わせた。

だが、しばらくして、お富は自分を落ち着かせるように大きく息を吸い、長太郎にしがみつくと、悲痛な声をあげた。

お富は目を真っ赤にした顔を上げ、誰に殺されたのかと、責めるように長太郎に訊く。

「それがわからないんです」

「あんないい人を殺すなんて、とんでもない外道だよ」

息も絶え絶えに言うお富は、何かを思い出したように、ぴたりと泣くのをやめた。

「ちょっと待っておくれよ。それじゃ、あたしゃどうすりゃいいんだい。この山口屋はどうなっちまうんだよ」

そう言うと、おろおろしはじめた。

長太郎は、玉山と同じだと思ったらしく、恐る恐る訊く。

「もしかして、おとっつぁんとお約束を？」

「そうだよ。返済を待ってもらって、新たに貸す貸さないと揉めたけれど、やっとの思いで説得して、二百両貸してくれることになってたんだ。商売敵に負けないために、この建物を大幅に改築することにしてたんだよ。若旦那、まさか、貸さないとは言わないでしょうね。ねぇ、若旦那」

涙で化粧が剝(は)がれた年増のお富にしがみつかれて、長太郎はのけ反(ぞ)った。

「そ、そういうことでしたら、ご安心を。おとっつぁんの遺志は、わたしが引き継ぎますので」

長太郎が苦し紛(まぎ)れに言うと、お富は安堵して離れ、左近たちをちらりと見た。

「あら、お恥ずかしい」

などと言い、今さら顔を隠している。

泰徳が小声で左近に告げる。

「ここは違うな」

強烈な女将を呆気(あっけ)にとられながら見ていた左近は、目をつむってうなずいた。

三

山口屋を出た左近が他の心当たりを浩助に訊くと、浩助はためらった。

「武家か」

左近が言うと、そうだとうなずく。

「おれと泰徳がいる。恐れず申すがよい」

「は、はあ」

浩助は、まだ不安そうな顔をしている。

「浩助、言いなさい」

長太郎が促すと、浩助はようやく口を開いた。

「二千石のお旗本、橋本智道様でございます」

長太郎が帳面を調べると、貸している金は、千両残っていると言う。

「こちらは、去年から返済されておりません」

長太郎に続いて、浩助が言った。

「旦那様は、月に二度も、橋本様を訪ねておいででございました。あまり厳しくしないほうがよろしいのでは、とお止めしたのですが」

「確かに多いね。お前がついていながら、どうして行かせたんだい」

「はい。口出しするなと、叱られましたもので」

「近頃、おとっつぁんが不機嫌だったのは、橋本様のことで気を揉んでいたのだろうか」

長太郎が言うと、浩助が、お止めすればよかったとつぶやき、洟をすすった。

「まだ橋本智道がしたことだと決まったわけではない。屋敷は遠いのか」

左近が訊くと、浩助が牛込御門内だと答える。

「そこなら、夕刻までには戻れよう。行こうか」

左近が促し、橋本家に足を向けた。

牛込御門にほど近い場所にある屋敷は、二千石の旗本だけに、敷地は広く、千坪はある。

出迎えた用人に長太郎が名乗ると、

「おお、長兵衛の息子か」

親しみを込めた顔で言い、快く中に入れてくれた。

四人が書院の間に通されて程なく、あるじの橋本が現れた。

上座に着く橋本は、長兵衛と同じ四十代後半であろうか。顔の色艶はよく、目力もある。

その橋本は、そばに控える用人とは違い、不服そうな顔をしている。

長太郎は、恐る恐る頭を下げた。

「長兵衛の息子の、長太郎でございます」

「うむ」

機嫌が悪そうに応じ、鋭い目を向ける。

「長兵衛め、わしに敵わぬので、ついに倅をよこしおったか」

いきなりの言葉に、長太郎はなんのことか理解できないようだ。

後ろに座る浩助に顔を向けて、訝く顔をした。しかし浩助もわからないらしく、首を横に振った。

すると、橋本が声を荒らげた。

「よいか、これはわしと長兵衛の勝負じゃ。倅をよこすとは卑怯なり。帰って親父にそう伝えよ」

言って立ち去ろうとするので、左近が止めた。

「待たれよ、橋本殿」

すると、立ち上がっていた橋本が、じろりと睨んだ。

「浪人風情が、わしに物申すか」

左近は無視して、長太郎を促した。

長太郎はその場で両手をつき、涙をこらえて橋本に訴えた。

「父長兵衛は四日前、侍に襲われて命を落としました」

「何！」

橋本が驚き、一歩足を踏み出す。

「それはまことか！」

「はい。この帳面を狙ったものと思われますので、ここに記されている方々を訪ねて回っております」

長太郎がそう言うと、橋本のそばにいる用人が目を吊り上げた。

「無礼な、殿を疑うておるのか」

長太郎は、用人の剣幕にも怯まなかった。

「橋本様は、昨年より返済されておりませぬものですから」

「だからと申して、殿を疑うとは何ごと……」

「やめよ」

橋本が用人を制し、長太郎に歩み寄る。

泰徳は警戒して腰を浮かせたが、左近が止めた。

橋本が左近をじろりと睨み、長太郎の前であぐらをかいて座ると、

「長兵衛を喪い、寂しかろう」

神妙な面持ちで言い、両手をついて頭を下げた。

「されど、わしは長兵衛を襲わせてはおらぬ。借りた金を返しておらぬのは、わしが勝負に勝っておるからじゃ」

「勝負とは、なんでございますか」

「まことに、長兵衛から何も聞いておらぬのか」

「はい」

「あ奴め」

橋本が苦笑いを浮かべながら、長太郎に言う。

「わしと長兵衛は、金を賭けて囲碁をしておったのだ。わしが勝てば、その都度五十両の借金を帳消しにいたし、長兵衛が勝てば、利息を五十両上乗せする。これまでわしは勝ち続け、今日が最後の勝負になるはずだったのだ。殺されていようとは思いもせず、無礼を申した。許せ」

ふたたび頭を下げるので、長太郎は後ろに下がり、深々と頭を下げた。

顔を上げた橋本が、残念そうにため息をつく。

「おい」

と、用人に命じると、察しのよい用人が応じて部屋から下がった。

程なく、用人は千両箱を抱えた若党を連れて戻り、長太郎の前に置いた。

「賭けの途中で長兵衛がこの世を去ったのでは、いたしかたない。残っていた千両、この場で返す」

「よろしいのですか」

長太郎が訊くと、橋本はうなずいた。

浩助が前に出て千両箱を受け取り、中を確かめた。

「確かに、お受け取りいたしました。完済の証文をご用意いたしますので、申しわけございませんが、紙と筆をお借りできますでしょうか」

「またでよい」

橋本が言ったが、

「それでは、旦那様に叱られてしまいます」

浩助が言い、頭を下げた。

「おい」

橋本が用人に用意させると、浩助がつらつらと筆を走らせ、持っていた巾着から判を出すと、朱肉（しゅにく）をつけて長太郎に渡した。

長太郎が、天城屋の判を押すのは今日が初めてだと言い、証文を橋本に差し出した。

受け取った橋本が、ろくに見もせずに用人に渡し、長太郎に言う。

「借りた金は昨年返すつもりであったのだが、長兵衛の奴が賭けをしようと持ちかけてきたのだ。あ奴め、弱いくせに何度も挑（いど）んできおった。まこと、変わった奴であったが、もう会えぬとなると、寂しい限りじゃ」

「橋本様のお言葉をお聞きし、たった今わかりました」

浩助が言う。

「旦那様は、札差の寄り合いでいつも囲碁に負けておられたのですが、近頃は強くなられたという噂を耳にして、不思議に思っていたのです」

「長兵衛め、わしの手を盗みおったな」

橋本はそう言うと、口を歪めて笑みを浮かべたが、ほろりと涙を落とした。

四

「初めて会うた時は、橋本殿に違いないと思うたが、意外であったな」

蔵前に帰る道すがら、泰徳が左近に言う。

「それにしても、囲碁が弱いのに千両も賭けるとは、長兵衛は何を考えていたのだろうな」

左近は、わからぬと首をかしげながら、長い息を吐いた。

すると、浩助が口を挟む。

「旦那様は、囲碁が強くなりたいと常々おっしゃっておりましたから、橋本様の囲碁のお強さを知られて賭けを持ちかけて、実のところは指南を受けていらしたのでしょう」

「一両二両ならまだしも、千両だぞ」

泰徳が言うと、浩助は笑みを浮かべた。

「旦那様にとっての千両は、手前どもが思いもよらない価値なのでしょう。橋本様の指南を受けられるなら、安いと思われたのかもしれません」

「金持ちの考えることは、おれにはわからぬ」

泰徳が、首を横に振りながら言う。

「左近もそうなのか？」

左近が、おれに訊くなと目顔で伝えると、泰徳は口を塞いだ。

「長太郎、次に思い当たる家はあるか」

左近が訊くと、長太郎は足を止めて帳面を開いた。

左近たちは神田川沿いの道を歩んでいたのだが、湯島の坂の下に串団子がおいしい店があると浩助が言い、皆を誘った。

小腹が空いたと泰徳が賛同するので、左近は長太郎に休もうと言い、店に向かった。

迎えた店主が、奥が空いていると言うので中に入り、小上がりに座った。

醤油(しょうゆ)の甘だれをたっぷりつけた団子は、絶品だった。

長太郎は、たれをこぼさぬよう気をつけながら、帳面を広げて調べている。

大名と旗本で、返済が滞っている家は数軒あるらしく、見当がつかないと言って首をかしげている。

「ちょっと、すみません」

浩助が見せてくれと言って引き寄せると、記されている字を指でなぞった。

「確かに返済が滞った家はございますが、どの家も旦那様が慕(した)っておられる方々ばかり……橋本様のこともありますし、これは、旦那様が返済を待っておられたのかもしれませんね」

番頭でありながら、知らないことがあったことで、浩助は弱気になっているようだ。

大名家を訪ねるのはよそうと言うので、左近が口を開いた。

「貸している金額が多いのは誰なのだ」

浩助が、ええっと、と言って、帳面を見る目を細めた。

「それですと、丹波箕山藩(たんばみのやまはん)七万石、青池大隅守(あおいけおおすみのかみ)様でしょうか」

「大隅守殿か……いくら残っている」

左近が訊くと、浩助が不思議そうな顔を上げた。

「新見様は、青池様をご存じなのですか」

本丸御殿で一度だけ立ち話をしたことがあった左近は、つい親しげに口にしてしまっていた。

「うむ? いや、おれではなく父が親しいのだ。一度だけ会うたことがある」

「さようでございますか」

浩助が帳面に目を戻すと、泰徳がくすりと笑った。

左近が顔を向けると、危ない危ない、という顔をしている。

浩助と共に帳面を見ていた長太郎が言う。

「青池様には二万両お貸しして、残りは一万五千両ですね」

「滞っておらぬのか」

「はい。一度も」

左近は、こころの中で胸をなでおろす。というのも、青池大隅守は将軍家からの信頼が厚く、近々幕閣に加わるのではないかと言われている人物なのだ。

借財をしたのはおそらく、二年前に国許を襲った水害が原因であろう。

七万石に二万両の借財は楽ではないが、返せぬ額ではない。

「それにしても」

と、泰徳が長太郎に訊く。

「天城屋はいったい、いくら財を持っているのだ」

「蔵はほとんど空でございますが、お貸ししているのをすべて合わせますと、三十万両ほどになりましょうか」

「それは凄(すご)い」

「上には上がおられますよ。札差の中には、百万両あると言われる家もありますから」

「大大名(おおだいみょう)並みではないか」

唸(うな)る泰徳の前で、浩助が慌てた。

「若旦那、こんなところで口にしてはいけません」

「誰が聞くと言うんだい」

長太郎が言うとおり、店の中には客も店主もいない。外の長床几(ながしょうぎ)に座る客を相手に、長話をしているのだ。

「しかしながら、人に貸してばかりで蔵に金がないとは、長兵衛も人がいいな」

泰徳が言うと、浩助がそうではないのだと首を横に振る。

「金蔵に金を置かないのは、旦那様がお人好しなわけではなく、盗賊や火事に備えるためです。方々にお貸ししていれば一度に失うこともないとおっしゃられて、金貸しをおはじめになられたのです」

「まあ、人それぞれに考えがあろう」

泰徳はそう言うと、団子を齧った。

「今思えば、あの時に金貸しをお辞めいただくべきでした」

「あの時とはなんだ」

左近が訊くと、浩助が目尻を拭って答えた。

「先ほど、若旦那様が百万両お持ちだと言われた家は、今はもうないのでございますよ。財の大半をお貸ししていた大名家がお取り潰しとなり、一文たりとも返らなくなったものですから、たちまち立ちゆかなくなり、あるじが首をくくってしまわれたのです。それを機に、旦那様に金貸しをお辞めいただくよう頼んだのですが、不義理なことをすればそれこそ命を狙われる、とおっしゃられて、今日にいたったのです」

とはいえ、長兵衛は、自分の代で金貸しを辞めるつもりではいたらしい。

「その矢先に、命を狙われたということか」

「はい」

左近が、他にも借りた額が多い者がいるのかと訊くと、長太郎が答えた。

「石見高津藩一万石、田坂因幡守様の十万両です」

これには泰徳が驚いた。

「一万石に十万両とは、膨大だな。返せるのか」

左近に顔を向けて訊くので、左近はわからぬと首をかしげ、浩助に訊く。

「返済は滞っておらぬのか」

「田坂様には春にお貸しいたしましたので、期限はまだでございます」

「さようか」

左近は、この時には気にもしなかった。

あとは店で考えようと言い、皆で天城屋に帰った。

人通りが多い蔵前の道を歩んでいると、天城屋の前で商売をしているはずの小五郎の姿がなかった。かえでとかわったのだろうかとあたりを見回したが、かえでの姿もない。

左近はいぶかしみつつ天城屋に入り、中庭を囲む廊下を歩んでいた。

「お戻りになられましたか」

お幸が左近に声をかけてくると、文を預かっていると言って手渡した。

さっそく開いてみると、小五郎からだった。

「ちと、出てくる」

左近は長太郎に告げ、泰徳を残して天城屋を出た。

向かったのは、薬研堀近くにある、大名家の下屋敷である。

小五郎の文には、大川のほとりにある大名家の下屋敷、としか書いていなかったので、左近は通りを歩いて捜した。

辻番の前を通り過ぎようとすると、後ろから声をかけられた。

辻の角に立つ小五郎が頭を下げたので、左近は歩み寄った。

「何があったのだ」

「二人連れの侍が天城屋の様子を探っておりましたので、跡をつけたところ、この屋敷に入っていきました」

「誰の屋敷だ」

「辻番が申しますには、石見高津藩の下屋敷だそうです」

団子屋で名があがった大名だ。

天城屋に十万両の借金があることを左近が教えると、小五郎は妙だと言う。

「石見高津藩の領地は一万石ですが、たたら製鉄が盛んで、藩の財政は実質五万石。藩主も質素倹約を家臣に申しつけているようでございますので、蓄えは十分にあるかと思われます」

「よう知っておるな」

「おおかたの大名家のことは頭に入っております」

次期将軍とも目された左近に仕える甲州忍者の頭目だけのことはある。

「さすがだな」

左近が褒めると、小五郎が首を横に振る。

「わたしが覚えておりますのは、表向きのことのみでございますので、お役に立つかわかりませぬ」

「ここの見張りはよい。高津藩に悪い噂がないか、調べてくれ」

「かしこまりました」

小五郎は頭を下げ、立ち去った。

五

小五郎が新たな情報を届けたのは、この日の夜遅くであった。

呼び出しを受けた左近は、夜中に社(やしろ)へ行き、小五郎と落ち合った。

石見高津藩は一万石だが、小五郎が言ったとおり、たたらの鉄から得る財力は大きいという。

「ただ、藩主の田坂因幡守殿は、昨年の春の参勤交代(さんきんこうたい)で国許に入られた直後に病(やまい)に倒れられ、今年の春の参勤交代では江戸へ戻ることができなかったそうです。江戸家老が名代(みょうだい)として取り仕切っているようでございますが、藩主が病で国許にとどまっていることで、騒動が起きたそうです」

高津藩の倹約ぶりは幕閣のあいだでも有名で、それがゆえに、

「高津藩は、多額の金銀を国許に蓄えているそうな」

という噂が江戸城に広がり、

「因幡守殿は、仮病(けびょう)ではあるまいな」

とささやく者すら現れ、外様ゆえに謀反(むほん)を疑われたという。

これを知った藩主の田坂因幡守は、江戸家老に命じて、ただちに財を献上した。

その額、実に三十万両。

これには将軍綱吉も驚き、

「因幡守の忠義、あいわかった」

名代として登城した江戸家老に言い、疑いを解いてお咎めなしとした。

さらに綱吉は、三十万両の返礼として、江戸城西側にある半蔵堀のほとりに空いていた二千坪の土地と屋敷を与え、上屋敷を許した。

これが、今年の梅雨時のことだという。

三十万両は江戸城の金蔵に収まったが、江戸城の西の守りとも言える屋敷をまかされたことは、大名家にとって大変な栄誉である。

さらに、たたら製鉄の収入を安堵された高津藩が、金に困っているとは思えなかった。

「ただ」

と、小五郎が言う。

「藩主以上に倹約家なのが江戸家老だそうで、金蔵を空にして献上したことを、疑う声もございます」

左近は、高津藩の者が天城屋を探っていたことが気になった。

「三十万両のうちの十万両は、天城屋に借りたものであろう。金を借りておきながら、帳面を奪い、踏み倒そうとしているのだろうか」

質素倹約に努め、忠義を示すために財を差し出すほどの田坂因幡守が、十万両のために町人を殺させるとは思えぬ。

左近は、江戸家老を疑った。

「明日、江戸家老に会うてみよう。尻尾を出すかもしれぬ。小五郎は引き続き、天城屋の者を守ってくれ」

「はは」

翌朝、札差の仕事があるという浩助を残し、左近は長太郎と泰徳と共に、石見高津藩の上屋敷へ行った。

神田を抜け、坂をのぼった左近たちが千鳥ケ淵のほとりを歩んでいると、頭上を鶴の群れが飛び、吹上御庭に下りていった。

「城に鶴の餌場があるのか」

泰徳が言うので、左近が答えた。

「吹上御庭の沼地で冬を越すのであろう」

「お城の中に、そのような場所があるのですか。よくご存じですね」

長太郎が驚いた顔で訊くので、

「人から聞いたことがある」

左近は、見たことはないと言ってはぐらかした。

千鳥ヶ淵から半蔵堀に行き、半蔵門近くにある高津藩の屋敷に到着した。

「おそれいります。天城屋でございます」

長太郎が門番に用件を伝えて程なく、迎えに出た若党によって屋敷内に通された。

「これが、大名屋敷ですか」

長太郎は、初めて見る大名屋敷に圧倒された様子だ。

額に汗をにじませ、

「大丈夫でしょうか。無礼討ちにされないでしょうか」

などと、怯えきっている。

「案ずるな。大名家の者とて同じ人だ。橋本智道殿のほうが、よほど血の気が多かろう」

左近が言うと、長太郎は引きつった笑みを浮かべた。

案内をする若党が、ちらりと左近を見た。堂々としている左近が、何者かと思っているのだろう。

泰徳は、油断なくあたりを見回していた。

来る途中で、小五郎が曲者を追って下屋敷に行ったことを教えた時、いきなり斬りかかられるかもしれぬと、左近に忠告していたのだ。

表玄関ではなく、横の通用口から上がるよう指示され、左近たちは従った。

「腰の物をここで預かる」

若党が、高圧的な態度で言う。

左近が安綱と脇差を渡し、泰徳も同じように預けた。

畳敷きの廊下を歩み案内された部屋は、表ではなく裏側の御用部屋だった。

八畳ほどの小さな部屋で待たされること四半刻(しはんとき)(約三十分)、現れたのは三十代の藩士だった。

「天城屋長兵衛の息子の長太郎でございます」

「うむ」

応じた藩士が、左近と泰徳を見た。

「新見左近と申す」

「岩城道場のあるじ、岩城泰徳でござる」

岩城道場と聞き、藩士の目つきが鋭くなった。

「拙者、勘定方の半場と申す。用向きは何か」

落ち着いた口調だが、人を見くだす目つきをしている。

長太郎は、いささか震える手で帳面を出し、左近に言われていたとおりに話をはじめた。

「藩にお貸ししております十万両のことで、お話がございます」

「確かに借りたことはあるが、すでに完済しておる」

「いえ、そんなはずはございませぬ。完済いただきますと、このように、ばつ印を入れますので」

すると半場は、帳面をのぞき込む。

「馬鹿な、何かの間違いじゃ」

そう言われて、長太郎は左近を見た。

左近がうなずくと、長太郎はごくりと唾を吞み、半場に言う。

「これに記されておりますように、確かに、因幡守様のご名代として、江戸家老の正田宗近様のお名前と、血判が押されております」

長太郎が指し示すと、半場は目線を下げることなく、長太郎を睨んだ。

「完済したと申しておろう」

「で、では、完済の証（あかし）をお見せください」

「何」

「手前どもは、完済いただきますと、このように、天城屋の判を押した物をお渡しいたします」

長太郎は、完済の証文を見せた。

「父にお返しいただいたのであれば、このような証文をお渡ししているはずでございます」

「あいわかった。ご家老にお確かめする。後日知らせるゆえ、今日のところは引き取られよ」

長太郎が引き下がろうとしたので、左近が口を挟んだ。

「ここでお待ちいたす。今すぐ確かめられよ」

「何」

半場が左近をじろりと睨んだ。

「貴様、誰に向かって申しておる」

「貴殿に決まっておろう。十万両もの大金の証だ。完済したのであれば、持っているはず。それとも、何かやましいことがあるゆえ、下屋敷の者に天城屋の様子を探らせていたのか」

半場は、顔色を変えなかった。

「何を申すか。天城屋を探るなどしておらぬし、長兵衛が死んだことにも、我が藩は関わりなきことじゃ」

「ほう、長兵衛が死んだことをご存じか」

左近が言うと、半場が即答した。

「拙者が蔵前を通った時に、葬列(そうれつ)を見かけたのだ」

「なるほど」

「証文のことは、必ずご家老に確かめて知らせる。今日は帰れ」

左近は引き下がらない。

「今確かめぬと申すなら、しかるべき筋を通して藩侯に問うが、それでもよろしいか」

「殿は国許じゃ。その殿にお尋ねするしかるべき筋とは、なんじゃ」

これには泰徳が答えた。

「天城屋を甘く見ぬほうがよいぞ。借財を帳消しにする、と一言言えば、貴殿が手も足も出せぬ御仁が動く。それが誰であるかは、あえて申すまい。だが、国許におられる藩侯に確かめることなど、容易いことだ」

「貴様、脅す気か」

「脅して我らになんの得がある」

左近が言うと、半場は言葉に窮し、目線をはずした。

「わかった。ご家老にお確かめしてまいるゆえ、しばし待て」

そう告げて立ち上がると、半場は左近と泰徳を睨みつけ、部屋から出ていった。

廊下に控える若党に、

「人を集めておけ」

小声で命じると、家老の部屋に向かった。

「ご家老」

廊下で声をかける半場に応じた正田宗近が、小判がびっしり詰められた手箱の蓋を閉じ、棚の奥に納めた。

「入れ」

「はは」

障子を閉めて座るのを待ち、正田が訊く。

「帰ったのか」

「それが……完済の証である証文を見せろと申しました」

「証文じゃと。そのような物があったのか」

「はい」

「長兵衛め、一言も言わなんだ」

「ご家老に確かめて知らせると言うて、時を稼ごうとしたのですが、帰らずに待っております」

「十万両だ。簡単に引き下がるわけはなかろう」

「小倅(こせがれ)のほうは引こうとしたのですが、供の浪人者と、岩城道場のあるじが引き下がりませぬ」

「何、岩城道場のあるじだと」

「はい。完済の証を見せぬなら、しかるべき御仁に訴え、殿に問うとも申しました。さらに、下屋敷の者が見張っていたことを知っております。あの口ぶりでは、長兵衛を斬ったのが我らだと疑っております」

「胸の内を悟られるようなことは、なかったであろうな」

正田にじろりと睨まれて、半場は下を向いた。

「ご安心ください」

「して、しかるべき御仁とは、誰のことだ」

「わかりませぬが、わたくしが手も足も出せぬ御仁だと」

「ふん、そのような脅しに怯えるとは、お前も肝が小さい」

「はは」

「証文があったとは、迂闊であった。金を借りたことなど一度もないゆえ、知らなんだ」

「わたくしもでございます」

「ここは、とぼけねばなるまい」

「何か、よいお考えが」

「黙ってついてまいれ」

正田は立ち上がり、

「よいか、お前は一言もしゃべるでないぞ」

そう言うと、左近たちが待つ部屋に向かった。

左近と泰徳が正座して待つ横で、長太郎は不安そうな顔をして、落ち着きがない。

「大丈夫でしょうか」

「安心しろ。いざとなれば、おれが守ってやる」

泰徳が言うと、廊下に衣擦れの音がした。

三人の前に半場が現れ、後ろに壮年の侍が続いた。

気難しい顔をしている半場とは違い、壮年の侍は柔和な顔をして座り、

「いや、すまぬすまぬ」

長太郎に、長らく待たせたことを詫びた。

「身共が江戸屋敷を預かる正田宗近じゃ。実は我が藩は、春に藩の存亡に関わることがござってな。長兵衛から聞いておるか」

「いえ、存じませぬ」

長太郎が答えると、正田が意外そうな顔をした。

「聞いておらぬのか。そうか、そうであったか。いや、実はの、我が藩は謀反の疑いをかけられてな。その疑いを晴らすために方々から金をかき集め、上様に三

十万両ほど献上することになったのじゃ。その際に、長兵衛にも力になってもろうたのだが、あまりの忙しさと混乱の中で、証文を紛失した。借りた十万両は、確かに完済しておる。帰って確かめるがよい」

左近が口を挟むより先に、長太郎が強い意志を示す目で問う。

「お返しいただいたのは、いつのことでございますか」

「さて、いつだったか」

正田は考える顔をして、手を打ち鳴らした。

「そうじゃ。あれは確か、我らがこの屋敷に移った頃じゃ。七月七日のお城揃えの翌日だったような」

正田がちらりと長太郎を見て、

「まあとにかく、返す物は返しておる」

間違いないと、言い切った。

だが、長太郎は引き下がらなかった。

「それはおかしゅうございます。七月のその頃には、ついに金蔵が空になったと、父と番頭が笑って話しておりました。十万両ものお金をお返しいただいたのであれば、あのようなことを言うはずはございません」

「そう言われてもな。完済しておるのだ」

「では、証文をお捜しください」

「あいわかった。そこまで申すなら必ず捜し出すゆえ、今日のところは帰ってくれ」

「今お捜しください」

「くどい！」

柔和だった正田の顔が鬼の形相になると、閉てられた襖の奥で、鯉口を切る音がした。

左近は気配を感じ取っていた。隠れているのは、一人や二人ではない。

泰徳も鋭い顔をしている。

「長太郎、今日のところはこれまでだ」

左近はそう言って立ち上がり、正田に告げる。

「そもそも、十万両の貸し借りのことを、藩侯は知っておるのか」

「無礼な物言いは許さぬ。知っておられるに決まっておろう」

「さようか。ならば三日だけ待とう。証文を捜すがよい」

左近は正田と半場の目を見据えてから、部屋をあとにした。

左近たちが去るのを見届けた半場が、正田にすがるように言う。

「なぜ帰すのです。斬って帳面を奪いましょう」

「たわけ、ここをどこだと思うておるのだ。庭から城を拝める場所ぞ。それに屋敷も狭い。浪人者はともかく、岩城道場の者は手強い。騒ぎになれば、隣に聞こえてしまう」

「では、いかがいたしますか」

「わしによい考えがあるゆえ、案ずるな」

「何をなさるおつもりですか」

「ふん、まあ見ておれ」

正田は手を打ち鳴らした。

すると、廊下に人が座り、障子を開けた。総髪の剣客風の男を半場が見るのは初めてなのだろう。正田に、誰かと問う顔を向けている。

「指図どおりに、ことを起こせ」

正田が命じると、総髪の男は黙ってうなずき立ち去った。

「何者でございますか」

「このような時のために養ってきた者よ。あの者ならうまくやってのけようから、安心しておれ」

正田はくつくつと笑い、立ち上がった。

「よいか、殿はともかく、小うるさい国家老が来れば、札差から金を借りていることが知られてしまう。わしとお前が十万両を手元に置いていることが表沙汰になれば、しまいじゃ」

「されど、それは藩のためではございませぬか」

「さよう、藩のためにしたことだ。金蔵を空にしたのでは、何もできなくなるでな。十万両を我らの物にするために、長兵衛を殺したのだ。ここで後戻りはできぬ。国家老が来る前に、長兵衛から奪いそこねたあの帳面を、なんとしても手に入れ、闇に葬らねばならぬ」

「殿はいつお戻りになられます」

「先ほど国許から文が届いた。殿は国家老を従えて、すでに国を発たれておる」

文を投げ渡すと、目を通した半場が愕然とした。

「これだと、猶予は十日もございませぬ」

「さよう。だが、たった今、三日に縮まった」

「やはり、手の者に追わせて斬りましょう」

「案ずるなと申したであろう。すぐに片がつく」

正田は、自信に満ちた顔でそう言った。

六

その翌日、番頭の浩助がいつものように帳場の仕事をしていると、小僧が声をかけてきた。

「番頭さん、表におかみさんが来てらっしゃいますよ」

「ええ、女房が？」

通い番頭の浩助は、近くの長屋に女房と五歳の息子と三人暮らしだが、所帯を持って以来、女房が仕事場に来たことはなかった。

どうしたんだろうと言いつつ、浩助は表に出た。

すると、顔を真っ青にした女房が、浩助にしがみつき、人のいない路地に誘い込んだ。

「どうしたんだい」

浩助が訊くと、女房が耳打ちした。

愕然とした浩助が、あたりを見回し、ふたたび女房に訊く。

「お前、誰にも言ってないだろうね」

女房は声も出せぬほどの衝撃を受けているらしく、必死に首を縦に振る。

「わ、わかった。わかったから落ち着け。わたしがなんとかする。お前は家に帰っていなさい。誰にも気づかれるんじゃないよ」

そう言って送り出すと、浩助は気持ちを落ち着かせるべく、大きな息を何度もした。

何食わぬ顔で店に戻ると、帳場に長太郎と左近がいた。

二人で帳面を見ながら、何ごとか話している。

浩助はそばに行き、そろばんを弾いたのだが、すぐに手を止めて目を転じた。

帳面を見ていると、左近と目が合い、慌ててそらす。

ふたたび見ると、左近はまだ浩助を見ていた。

「番頭、顔色が悪いが、いかがいたした」

「えっ」

どきりとした浩助は、顔に手を当てた。額が汗で濡れている。

「そういえば、誰か来ていたようだね」

長太郎が訊くので、

「ええ、はいはい。女房の奴が、ちょっと」

そう言うと、長太郎がいぶかしげな顔をした。

「珍しいね。何かあったのかい」

「たいしたことじゃないんですよ」

すると、近くにいた手代が口を挟んだ。

「番頭さん、二人目ができたとか」

「え？　あ、お、おう、まあ」

「そうなのかい」

長太郎に訊かれて、浩助は首をかしげた。

「まだわからないので、人に言いふらすなと言ったんです」

浩助は引きつった顔で言うと、額の汗を拭った。

この日は夜になっても、浩助は帳場に残って仕事をした。

「おや、番頭さん、どうしたんだい」

長太郎が、帰ったと思っていた浩助がいるので驚くと、浩助は笑みで答えた。

「きりのよいところまですませてしまおうと思いまして。どうぞ気になさらずに、お休みになってください」

「二人目ができたからって、あんまり無理するんじゃないよ」

「はい」

「それじゃ、お先に休むからね」

夜遅くまでそろばんを弾き、帳面に筆を走らせる浩助の姿は、子ができたからではなく、長兵衛のかわりに長太郎を助けるのだという気概からだろう。

様子を見ていた左近はそう思い、泰徳がいる部屋に戻った。

「まだやっているのか、番頭は」

「うむ」

「それはそうと、いつまでここにいるつもりだ。家老の正信殿がおられた時はよかったのであろうが、今は藩政に追われているのではないか」

「長兵衛を襲わせたのが正田なら、三日のうちに動くはずだ」

「三日か」

「泰徳こそ、お滝殿が恋しくなったのではないか」

「馬鹿、おれは大丈夫だ。いつもは毎日顔を見ているのだから、これぐらいがちようどよい」

恐妻家の泰徳は笑うと、横になって肘枕（ひじまくら）をした。

その頃帳場では、浩助が家の中の様子をうかがっていた。額に汗をにじませ、真っ青な顔をしている。

土間に下りて奉公人が眠る部屋の様子をうかがい、台所から包丁を盗むと懐に隠し、帳場に戻る。

そして、ごくりと喉（のど）を鳴らし、廊下に歩み出た。

忍び足で奥へ歩む手には、金蔵の鍵がにぎられている。

左近たちの部屋からは、行灯（あんどん）の明かりが漏れていた。

浩助は、障子を開けて顔をのぞかせた。

「遅くまで、ご苦労様でございます。勘定を終えましたので、帳面を蔵に入れたら帰らせていただきます」

そう言うと、左近が声をかける前に障子を閉めて、金蔵へ向かった。

いつもは声などかけぬ浩助だ。

左近は、怪しい、という顔を泰徳に向けた。

泰徳がうなずき、立ち上がる。

「浩助が戻ってきたところをつかまえて、問い詰めよう」

そう言って、障子を少し開けて待っていると、程なくして、奥でお幸の声がした。

「浩助、何をしているのです」

言ったかと思えば、きゃあっ、という悲鳴がした。

「しまった」

泰徳が障子を引き開け、急いで駆けつけた。

左近もあとを追っていくと、廊下にお幸が倒され、庭に下りた浩助が、震える手で包丁をにぎっていた。

「怪我(けが)はないか」

「はい」

泰徳がお幸を助け起こすと、騒ぎに気づいた長太郎が出てきた。

左近は、浩助と対峙(たいじ)した。

震える手で包丁をにぎる浩助のもう片方の手には、浩助が帳場でつけていた帳面ではなく、長太郎が蔵に納めていた長兵衛の名が記された帳面を持っていた。

「それを持ち出せと、誰かに脅されたのか」

左近が問うと、浩助は悲鳴のような声をあげて包丁を放り出し、帳面を引き裂こうとした。

だが、呻き声をあげ、ためらっている。

左近はゆっくりと手を差し伸べた。

「何があったのか申せ。おれが必ず助ける」

浩助は、世話になった長兵衛の分身とも言うべき帳面を引き裂けず、腰が抜けたようにへたり込んだ。そして、声を震わせて言う。

「む、息子が、息子が……」

「息子がどうしたのだ」

左近が訊くと、浩助が顔を歪めた。

「息子が攫われたのです。刻限までに帳面を持ってこなければ、殺すと」

お幸が驚き、手で顔を覆った。

浩助の息子は、まだ五つだという。

昼間のうちに攫われ、住んでいる長屋に投げ文が入れられたのだ。

浩助以外の者に知らせたら殺すと脅された女房が、浩助をこっそり呼び出し、攫われたことと要求を伝えていた。

「して、女房は今どうしているのだ」

左近が訊くと、

「長屋で、一人で待っています」

浩助は必死に涙をこらえながら答えた。

「刻限はいつだ」

「あと、半刻でございます」

「約束の場所は」

「すぐこの、旅籠町（はたごちょう）の船着場に持っていくよう、指示されております」

駆け寄った長太郎が、浩助の肩をつかんだ。

「お前、どうして言ってくれなかったんだい」

「申しわけございません。言えば殺すと脅されているものですから」

「こんな物があるから、おとっつぁんは殺されたんだ。そのうえ、竹坊（たけぼう）まで殺されたんじゃ、おとっつぁんが悲しむに決まっているだろう。竹坊の命が助かるなら、帳面なんかなくなってもいいんだよ」

「若旦那様」

「時がないぞ」

左近が言うと、浩助が驚いた顔を向けた。

「さ、急ぎなさい」

長太郎が帳面を持たせてやると、浩助は何度も頭を下げて、裏木戸から出ていった。

「泰徳、行こうか」

「うむ」

左近は、浩助のあとを追って出た。

七

旅籠で宴会をしている泊まり客のにぎやかな声がするが、大川にある船着場は、猪牙舟（ちょきぶね）も出払い、人気（ひとけ）がない。

不安な顔をして石段の上で待つ浩助に声をかけたのは、侍ではなく町人風の男だった。

浩助が帳面を渡すと、町人風の男は結び文と交換し、立ち去った。

すぐさま結び文を解いて見る浩助の横を、小五郎が通り、町人風の男を追っていく。

左近は、歩みはじめた浩助を呼び止めた。

「子供の居場所はわかったのか」

「はい」

浩助が文を見せた。

浅草寺火除地の池の中島にある社、と書かれている。

広大な空き地に加え、社には燃えにくい銀杏の木が植えられているので、町からは目につかない場所だ。

「あのようなところに押し込まれて、怖い思いをしておろう」

左近は、浩助を連れて社へ急いだ。

浅草寺西側の小道から空き地に入っていくと、月明かりの下で、墨のように黒く見える池に出た。社は広い池の中島にある。

そこへ行くには、池を隔てて造られた細い道を渡るのだが、銀杏の木に囲まれた社からは丸見えだ。

泰徳は警戒したが、左近はためらうことなく小道を進んだ。

中島に渡り、銀杏の杜を抜けていくと、小さな社殿があった。

普段は人が参詣しない社の境内は、銀杏の落ち葉に埋め尽くされ、歩けば葉を踏む音がする。

こんな寂しいところに……と、声を詰まらせた浩助が、

「竹坊」

我が子の名を呼びながら、社殿に歩み寄る。

閉てられた板戸を開けてみると、中は真っ暗だった。

「竹坊、いるのか。いるなら返事をしておくれ」

浩助が言うと、

「おとう」

奥からか細い声がした。

泰徳が火打ち石を打ち、持ってきていたちょうちんに明かりを灯すと、手足を縛られ、冷たい床に寝かされている幼子がいた。

「竹坊！」

浩助が駆け寄り、抱きしめた。

「もう大丈夫だぞ。怖かったな。怖かった」

冷えた身体をさすってやるそばに片膝をついた左近が、脇差を抜いて縄を切った。

泰徳がちょうちんを吹き消したのは、その時だ。

「左近、お出ましだぞ」

銀杏の杜から染み出るように人が現れ、逃げ道を塞いだ。

雲に隠れていた月が出ると、覆面をした侍が七、八人いる。その真ん中にいるのは、顔を隠さぬ総髪の剣客だ。

ここにいろ、と言って浩助親子を残し、左近は外に出る。

泰徳と肩を並べ、

「殺さず捕らえよ」

そう言うと、安綱を抜き、峰に返した。

総髪の男が下がり、

「斬れ」

命じるや、覆面を着けた侍たちが斬りかかってきた。

だが、左近と泰徳に敵うはずもなく、一人二人と、次々に峰打ちに倒される。

覆面の侍の背を峰打ちにした左近は、横からの凄まじい剣気に跳びすさり、紙一重で切っ先をかわした。

総髪の男が、獣のように姿勢を低くしている。

加勢に入ろうとした泰徳を制した左近は、安綱の刃を返し、正眼に構えた。

相手はかなりの遣い手。斬らねばやられる。

ゆっくりと腰を上げた総髪の男が、刀をにぎる右腕を大きく回し、顔の前で柄に左手を添えると、左近と同じ正眼に構えた。

「きええいっ！」

奇妙な気合を発し、猛然と斬りかかる。

左近は、打ち下ろされた刃をかわして横一文字に振るった。

総髪の男が素早く刀を振るって受け、押し返してくる。

左近は跳びすさり、間合いを空けた。

総髪の男は、刀を下段に構え、すうっと前に出た。

左近も応じて前に出る。

「むん！」

下から斬り上げられる刃を、左近が押さえた刹那、総髪の男が目を見開いた。

左近はすかさず安綱の刃を滑らせ、相手の胸を斬った。

背を向ける左近の後ろで、総髪の男が倒れる。

左近は血振りをして、安綱を納めた。

境内に一陣の風が吹く。

「かえでか」

左近が言うと、背後に人影が片膝をついた。

「お頭からの伝言でございます。帳面を奪った者が、高津藩の下屋敷に入りました」

「うむ」

左近は、己の欲のために幼子まで攫う卑劣な輩に、眼光を鋭くした。

八

「これさえ手に入れば、安泰じゃ」

正田が、下屋敷から届けられた帳面を手にしてほくそ笑む。

「子供を助けに行った番頭と用心棒も、始末されておりましょう」

「うむ」

「あとは小倅のみ」

「まあ、捨て置いてもよかろう。証がこの世になければ、どうにもなるまい」

正田はそう言うと、帳面を投げ渡した。

「焼き捨てろ」

「はは」

受け取った半場が、障子を開けて廊下に出ようとした時、藩士たちが騒ぐ声が

して、裏庭に後ずさってくる。

「何ごとだ」

正田が言うと、藤色の単を着た左近が現れた。

「貴様」

半場が、生きていたのか、という顔をする。

左近の後ろから小五郎とかえでが現れ、泰徳が捕らえて縛り上げた藩士たちを連れて入り、正田の前に突き出した。

覆面を取られた藩士の中には、長兵衛を襲った二人組もいる。

正田が睨むと、藩士たちは皆、顔をうつむけた。

「正田宗近、そのほうが差し向けた家来を返す」

「このような者ども、わしは知らぬ」

「この期に及んで嘘が通ると思うな。のう、半場よ」

半場は左近に睨まれ、帳面を持っていることに気づき、慌てて後ろに隠した。

唇を嚙みしめた正田が、半場に顎で指図する。

応じた半場が、藩士たちの縄を解いた。

「一人足りぬが、死におったか」

正田はそう言うと、左近を睨んだ。

「わざわざ送り届けるとは、ふざけた奴じゃ。者ども、わしに斬られとうなければ、もう一度刀を取り、この曲者どもを斬り捨てい」

屋敷にいた藩士たちが抜刀(ばっとう)したが、縄を解かれた藩士のうちの一人が止めた。

「刀を抜いてはなりませぬ」

藩士が叫び、正田に告げる。

「このお方を斬ってはなりませぬ。甲府藩主、徳川綱豊様にございます」

「なっ」

正田が絶句し、

「こ、甲州様」

半場は帳面を取り落として呆然(ぼうぜん)としている。

左近が前に出ると、藩士たちが刀を背後に回して隠し、片膝をつく。

正田と半場が慌てて庭に駆け下り、左近の前で正座して両手をつくと、頭を下げた。

「そのほうらの悪事、因幡守の指図があってのことか」

「め、滅相(めっそう)もございませぬ。これは、我ら二人がしたこと。殿はいっさい、関わりございませぬ」

「では、そのほうらがしたことを藩侯に伝えるといたそう。厳しい罰がくだされると覚悟しておけ」

悄然(しょうぜん)とした面持ちで、正田と半場が頭を下げた。

「この者どもを捕らえよ」

左近が藩士に命じると、徒頭(かちがしら)が立ち上がって頭を下げ、配下に命じる。

半場は素直に応じたが、正田は、肩をつかんだ藩士の刀を奪って突き離し、

「おのれ！」

恐ろしい形相で左近に斬りかかった。

左近は安綱を抜刀したが、目の前に迫っていた正田が立ち止まり、驚愕の目を見開いたかと思うと、呻き声をあげて倒れた。

正田を峰打ちで倒したのは、藩の徒頭だ。

すぐに刀を隠し、左近に片膝をついて頭を下げたので、左近は安綱を納刀(のうとう)した。

「あとのことは、そちにまかせよう」

「はは」

左近はきびすを返し、泰徳たちと藩邸をあとにした。

高津藩から天城屋に十万両が返済されたのは、それから十日後のことである。

千両箱を積み、藩主田坂家の家紋が入った布で覆った荷車の列が天城屋の前に止まると、道を行き交う人々は驚き、目を白黒させていた。

返済のことを事前に知らされていた長太郎はというと、大金の山を前に涼しげな顔をして、浩助に言う。

「番頭さん、これはこのまま、甲州様のお屋敷に運んでおくれ」

「約束は承っておりませんが」

「お貸しするんじゃないよ。お預かりいただくのさ」

長太郎は、左近が届けた長兵衛の帳面を見せて、笑顔で言う。

「そのほうが、安心だからね」

第三話　風の太刀

一

上野の広小路で長刀の大道芸を披露しているのは、灰色の袴を穿き、黒い着物に黒の襷がけをした総髪に髭面の、見るからにむさ苦しい男である。

名を、丹波哲次郎というこの男は、五尺（約百五十センチ）を少し超えた身の丈なのだが、腰に帯びる刀の鞘も、身の丈ほどの長さはあろうか。

長刀の鍔に親指をかけて黙然と立っている哲次郎の前では、着物の裾を端折り、股引を穿いた相方が、集まった見物人に調子のよい口調で前口上を述べている。

「さあさあ、皆の衆。この強身丹を寝る前に一粒飲めば、朝はぱっと目がさめて、夜まで疲れ知らず。風邪なんかいっぺんに吹き飛ぶ優れ物。さらにさらに、これを買っていただいたお礼として、こちらのお武家様が得意とする抜刀術、振う刀身も見えぬと評判の技を、ただでお見せいたしますよ」

などと言って誘い、見物客が薬をいくつか買ってくれたところで、哲次郎の出番だ。

「哲の旦那、お願いします」

相方が場を空けると、哲次郎はおもむろに前に出て長刀の鯉口を切り、

「つああっ！」

大音声をあげたかと思えば、長刀をぱちりと納めた。

何が起きたのかわからぬ見物人は、息を殺している。

哲次郎が長い息を吐くと、目の前に立てられていた青竹が、斜めに割れて落ちた。

目を見張る見物人たちから歓声があがり、抜く手も見せぬ早業を、もう一度見たいとばかりに、

「おれにもひとつくれ」

強身丹を買う。

薬もよく効くというので、哲次郎の商売は大繁盛していた。

そんな中、見物客の中に交じっていた侍が、外に向かって手を振る。

すると、買い物客でにぎわう上野の広小路を、六尺棒を持った役人の集団が

走りくる。

「どけい、どけい！」

哲次郎の技を見に集まる人々を左右に分けてくると、役人の頭と思しき侍が、哲次郎に十手を突きつけた。

「そのほうが売る薬には、ご禁制の品が混ぜてある疑いがある。吟味するゆえ、おとなしく我らに同道せよ」

哲次郎がじろりと睨む。

「おのれ、逆らうか」

役人が身構えると、慌てた相方が、二人のあいだに割って入った。

「お待ちください。手前は上野に店を構える根室屋の手代でございます。この強身丹に限って、ご禁制の品が入っていることなどございません。何かの間違いではございませんか」

「ええい、黙れ。この者を連れていけ」

役人が怒鳴ると、配下の者が根室屋の手代を捕まえた。

役人の鋭い目が、哲次郎に向けられる。

「おとなしく従わぬなら、あの者に累が及ぶぞ」

六尺棒で押さえつけられて呻き声をあげる相方を見た哲次郎は、長刀を鞘ごと腰から抜き、地面に落とした。

「それでよい。連れていけ」

役人の命に応じた配下の者が、哲次郎に縄をかけて連れていく。

「哲の旦那……」

心配する手代に、役人が歩み寄る。

「この者に用はない。解き放て」

配下の者が手代を突き離すと、役人はきびすを返して立ち去った。

「お役人様、これはいったい、どういうことでございますか。哲の旦那が、何をなさったのです」

手代はすがるように訊いたが、配下の者は何も答えずに立ち去った。

「いったい、どうなってるんだ」

哲次郎だけ連れていかれたことに呆然とする手代に、薬が投げつけられる。

「こんな物売りやがって」

容赦のない罵声に怯えた手代は、売り物の薬を抱えて逃げ去った。

二

哲次郎が連れていかれたのは、番屋でも大番屋でもなく、町奉行所でもない。

縄で両手の自由を奪われたまま向かったのは、城の西側にある四谷である。

武家屋敷が並ぶこの一帯は、将軍家直参旗本の中でも、町の警固と取り締まりを受け持つ先手組の屋敷が多い。

凶悪犯罪に立ち向かう役目も多い先手組に捕らえられたら最後、地獄の責めが待っているというのは、江戸に暮らす者なら誰でも知っていることで、犯罪者から恐れられる存在だった。

道ですれ違う侍が、前を行く役人に頭を下げ、哲次郎に鋭い眼光を向けてくる。

やはり、先手組の屋敷に連れていかれるのだ。

哲次郎は次第に顔色が悪くなっているのだが、髭のせいで気づく者はいない。

連れていかれた屋敷は、門も立派な造りで、おそらく千石以上の旗本の物。

脇門から中に入れられた哲次郎は、すぐに拷問がはじまるのだろうと思い、足がすくんだ。

「歩け！」

背中を配下の者が押すと、役人が振り向いた。

「おい、手荒な真似をするな」

意外にも、そう口にする。

哲次郎が見ると、役人は目をそらした。

「こっちだ」

そう言って連れていかれたのは、拷問場ではなく、屋敷の表の庭が見渡せる客間だった。

「お前たちは下がれ」

配下の者が頭を下げて去るのを見届けると、役人は哲次郎の縄を解き、

「こちらへ」

丁寧な口調で案内する。

示された客間の下座で正座していると、程なく横の襖が開けられ、三人の侍が入ってきた。

若い二人は哲次郎の左右に分かれて座り、壮年の侍が上座に着いた。

哲次郎は、何が起きようとしているのか見当もつかず、ただ黙って正面を向いて座っている。

壮年の侍が、いかめしげに口を開く。

「身共は、先手組頭の坂東則成である。そのほうの名は」

「丹波哲次郎と申します」

落ち着きはらった声に、坂東がうなずく。

「丹波よ、ご禁制の品が混ぜられた薬を売るのは、よろしゅうないの。本来なら入牢を申しつけるところじゃが、そちの剣の腕を我らのために使うと申せば、こたびのことは目をつむる。どうじゃ」

「それがしに、人を斬れと仰せか」

「察しがよいのう」

「お断りいたす」

哲次郎が即答すると、坂東の顔つきが厳しくなった。

「よく考えよ。身共に従えば、根室屋の咎めも、そちの罰もなしにいたす。断れば、ただちに根室屋の者を引っ捕らえてまいり、一人残らず先手組の厳しい責めにかけるぞ」

「卑怯な」

「罪人に卑怯もへったくれもない。自白するまで責めるのが、我ら先手組じゃ」

坂東の目は本気だ。

そう思った哲次郎の脳裏（のうり）に、根室屋の娘、お菊（きく）の顔が浮かんだ。

お菊は三十を過ぎた出戻りだが、気は優しく、皆からも好かれている。

哲次郎が今の仕事をはじめて一年になるが、毎日顔を合わせるうちに、お菊のことを密（ひそ）かに想うようになっていた。

優しくしてくれるお菊や店の者たちが、先手組の拷問を受けることを考えただけで、恐ろしくて身震いする。

言うことを聞けば皆助かる……それならばと思い、哲次郎は意を決した。

「わかりました。お受けいたします」

そう言って、哲次郎が付け髭を取り、顔を上げた。

配下の者が、付け髭だったことに驚いている。

坂東は、きりりとした面立（おもだ）ちの哲次郎を見て、唇（くちびる）を歪（ゆが）めて笑みを浮かべた。

「ほう、よい面構（つらがま）えをしておる」

「斬るのは、侍ですか」

「罪人だ。世を騒がせる極悪人ゆえ、遠慮はいらぬ。この二人の指示に従え。よいな」

坂東がそう言うと、前に座る二人が膝を転じて哲次郎に向き、右に座る者が問う。

「得物は、預かった長刀でよろしいか」

そう言うと、哲次郎を捕まえた役人が刀を持ってきた。

「上野では、見事な腕前でござった」

役人が言い、刀を差し出す。

哲次郎は黙って受け取り、鯉口を切る。

身構える役人の目の前に刀を上げ、ゆっくり抜刀した。中身は、脇差ほどの長さもない刀である。しかも、刀身が黒く塗られていた。

「こ、これは」

驚く役人に、哲次郎が言う。

「あれは、単なる芸。身の丈ほどもある長刀を、抜く手も見せずに振るうことなどできませぬ」

「し、しかし、確かに竹が斬れたはず」

役人が言うと、哲次郎は指で頭をかいた。

「竹にも、細工がしてございます」

息を吹きかければ落ちる仕組みになっていると教えると、役人が、しまったと言い、顔を歪めた。

目の前に座る家来たちは、驚きの顔を見合わせている。

「では、振るう刀身が見えぬという技は、偽り（いつわ）か」

右に座る家来に訊かれて哲次郎が黙っていると、役人が憤慨した。

「ええい、いかさまであったか」

二人が責めたが、哲次郎は涼しい顔で座っている。

「答えぬか。相手は世を騒がすほどの剣の遣い手（つかいて）。まことに、斬れるのであろうな」

坂東が尻を浮かせて声を荒らげるのを見て、哲次郎が言う。

「これは芸用の道具。真剣をお貸しいただければ、風真流（かぜしんりゅう）をお見せいたします」

「よし」

と言って立ち上がった坂東が、家来に刀を持ってくるよう命じた。

庭に下りた哲次郎の前に青竹が用意され、家来から刀を渡された。

抜刀して刀身を見た哲次郎が、

「見事な刀でございます」

感心したように口にすると、

「作田菊之助のひと振りじゃ」

坂東が自慢げに言う。

名は知られていないが、名刀には変わりない。何より、菊という銘が縁起がいいと、哲次郎は気に入った。

納刀して腰に落とした哲次郎が、坂東に一礼して前に出る。

腰を低くしたその刹那、抜刀して刀を振るい、鞘に納めた。

ぱちり、と鍔を小気味よく鳴らすと、青竹が落ちた。

しかも、二つだ。

家来たちが瞠目して身を乗り出す。

「見えなかった」

「確かに」

「なんという速さだ」

各々が言う声を聞き、坂東は満足そうな笑みを浮かべる。

「見事じゃ、これならば勝てる。二人とも、さっそく丹波と共に行け」

「はは」

応じた家来たちが立ち上がり、哲次郎を促した。

哲次郎は従い、人を斬るために、坂東の屋敷をあとにした。

向かった先は、狙う悪党がよく見かけられるという不忍池だ。

先手組は、悪党が不忍池の近くに暮らしていることは突き止めているようだが、住処まではわからぬらしい。

「このあたりで待っていれば、必ず出会うはずだ」

家来が言い、上野山の木立に身を隠し、黄昏時の道を見張った。

「相手の名はなんというのです」

哲次郎が訊くと、三つほど答えたが、いずれも哲次郎の知らぬ名だった。

「どれも偽名であろう。頼りは人相書のみだ」

「見せていただこうか」

応じた家来が見せたのは、哲次郎が知る顔に似ているような気もするが、品がよすぎる。

「あの者のはずはない」

そう独り言をつぶやくと、

「知った者に似ておるのか」

家来が探るような目をしたが、哲次郎は首を横に振った。

「わたしが知っている者は、血に飢えた恐ろしい目つきをしております」

「しっ。人が来る」

見張っていた家来に言われて、哲次郎は道に目を向けた。

腰に刀を帯びた浪人風の者が数名通り過ぎたが、二人の家来たちは動かない。

「編笠を着けていれば見逃すのではござらぬか」

哲次郎が言うと、二人は首を横に振る。

「堂々と顔を出しておる」

一人が答えながら、道に向けていた目を大きく開けた。

「おい、あの男」

慌てて言うと、同輩の者が人相書と見くらべた。

「間違いない。奴だ」

声を潜めて、哲次郎に、行けと命じる。

浅草方面から来た浪人者は、一人で歩いている。周りに人影はなく、間違えて斬る心配はなかった。

哲次郎は木立の中を駆けて道に下り、浪人者の前に立ちはだかった。

足を止めた浪人者が、いぶかしげな顔をする。

哲次郎は鯉口を切って腰を低くし、柄(つか)に右手を添えた。

「おぬしに恨(うら)みはない。だが、世のため人のため、悪党を成敗いたす」

「人違いだ」

浪人者は冷静な態度で言うと、道の端に寄って通り抜けようとする。

一見すると無防備だが、哲次郎は息を呑(の)んだ。寸分の隙(すき)もなく、動けば斬られる気がしたのだ。

「おのれ、待て！」

恐怖心を振り払うために虚勢(きょせい)を張る。

だが、相手は動じることなく歩みを進める。

哲次郎はたまらず、抜刀して刀を一閃(いっせん)した。

「やったか」

隠れていた家来たちが足を踏み出そうとして、目を見張った。

哲次郎が抜刀したと思っていたが、浪人者は哲次郎の右手首をつかみ、抜く手を止めていたのだ。

「い、いかん。相手が数枚上手(うわて)だ」

家来はそう言って上野山の木立から駆け出ると、哲次郎を捨てて逃げていった。

浪人者に右の手首をつかまれた哲次郎は、脂汗をにじませている。手が痺れて刀をにぎる力が入らないどころか、刀身を鞘に押し戻されている。

「く、くうっ」

抗ったが、完全に刀が納められた。

哲次郎にとっては、耐えがたい屈辱であり、同時に、凄まじい恐怖に襲われた。

――斬られる。

そう覚悟した時、浪人者が手の力をゆるめた。

「黙れ、極悪人め」

「新見左近と知っての狼藉か」

「やはり、人違いをしているようだ。おれは悪人ではない。その証を見せよう」

左近が安綱の鯉口を切り、鎺を見せる。

鎺に刻まれた葵の御紋に気づいた哲次郎が、喉から奇妙な声を出して離れると、地べたに膝をついた。

「ご無礼をお許しください。どうか、どうか」

左近は、必死にあやまる哲次郎を見下ろしながら言う。

「許してほしければ、余(よ)と共にまいれ」

三

日が落ちて薄暗い道を谷中に帰った左近は、ぼろ屋敷の潜(くぐ)り戸(ど)を開けた。首(こうべ)を垂れてとぼとぼとついてきていた哲次郎に中に入るよう促すと、哲次郎は顔を上げて、ぼろ屋敷に驚いた。

途端に目力(めぢから)を取り戻し、左近を睨む。

「おのれ、わたしを騙(だま)したのか」

刀に手をかけたが、空をつかんだ。

「あっ」

と、哲次郎が声をあげる。

観念した時、刀を左近に差し出していたのだ。

「騙してなどおらぬ」

左近が言うと、哲次郎はふたたび門を見上げた。

「葵の御紋を持てる御仁(ごじん)が住む屋敷ではござるまい」

「そういう者もいるのだ」

「そのようなことを申して中に誘い込み、わたしを斬る気だな」

「斬るなら、先ほど斬っていた」

左近に言われて、哲次郎が、それもそうだという顔をする。

左近は哲次郎をふたたび中に促した。

恐る恐る足を踏み入れる哲次郎を尻目に、玄関へ歩もうとした左近は、ぴたりと足を止めた。

「いかがなされた」

「いや」

左近は言ったが、いぶかしんだ。中から明かりが漏れている。

小五郎とかえでとは、先ほど店で別れたばかり。

雨宮真之丞が藩のことで、何ごとかを告げに来ているのかと思ったが、この感覚がどこか懐かしい。

「まさか、な」

「どうしたのです」

「いや、亡くなった父の気配に似ているのだ」

一瞬、新見の父かと思った左近であるが、この世におらぬ者が来るはずもないと思いなおした。

哲次郎は、夕闇に包まれようとしているぼろ屋敷を見上げて、怯えた顔をする。

ためらう哲次郎に、左近が振り向く。

「さ、入れ」

「わ、わたしは、その手の話が苦手なのだ。帰らせていただく」

「この世に幽霊などおらぬ。中で話を聞かせてくれ」

左近が言って中に入ると、哲次郎も恐る恐るあとに続く。

土間を進むと、囲炉裏（いろり）の部屋に明かりが灯（とも）されていたのだが、誰もいない。

気配を探りながら草履（ぞうり）を脱ごうとした時、

「殿」

台所の暗闇から声がしたので、哲次郎が悲鳴をあげて跳び退（の）いた。

聞き覚えのない声に左近が振り向く。

すると、紋付（もんつき）と袴をきちんと着こなした若者が歩み寄り、頭を下げた。

月代（さかやき）をきれいに整えた若者が、頭を下げたまま名乗る。

「間鍋詮房（まなべあきふさ）にございます」

精悍（せいかん）な目つきをした聡明（そうめい）そうな顔立ちの若者は、左近が甲府城に帰った際、附（つけ）

家老の岡部定直から紹介された。

　亡父の新見正信が、左近の側近にふさわしい者を、と岡部に頼み、探し出していた逸材だ。

　左近は、当時十七だった間鍋を正信に預けて帰ったのだが、二年近くを経て精悍さを増し、大人の男として成長していた。

「いつ江戸に来たのだ」

　左近が訊くと、

「今日の昼でございます」

　間鍋が言い、哲次郎に目を向ける。

「吉田小五郎殿でございますか」

　共に帰ったので、そう思ったのだろう。

「いや」

　左近が否定すると、間鍋が誰かと問う顔をした。

「そういえば、まだ名を聞いていなかったな」

　左近に言われて、哲次郎が名乗った。

「丹波哲次郎と申す」

「殿とは、どういった間柄でございますか」

間鍋に訊かれて、哲次郎は返答に困っている。

これには、左近がさらりと答えた。

「おれを斬ろうとしたので連れてまいった」

驚いた間鍋が脇差に手をかけたので、左近が制した。

「怖い顔をするな、間鍋」

「しかし、殿のお命を奪おうとしたのでございましょう」

哲次郎が手のひらを向けて下がり、あやまった。

「違います。人違いだったのです」

「人違いだと」

間鍋が、確かめるような顔を向けたので、左近はうなずいた。

「世のため人のため、悪党を斬ると申して斬りかかってきたのだ。何かわけがありそうなので、話を聞くために連れて戻った」

左近は、哲次郎の刀を間鍋に渡した。

「哲次郎、遠慮せず上がってくれ」

左近がそう言って囲炉裏の間に上がるのを間鍋が追い、左近が座ると、間鍋も膝を揃えて座り、両手をつく。

「殿、わたしは新見様から、殿のおそばにお仕えして力になれと、遺言を承ってございます」

「そうか」

「新見様は、お亡くなりになるまで殿のことを案じておられました。将軍家お血筋の殿が市中を出歩かれ、世直しをされるのはどうかと存じます」

来た早々に耳が痛いことを言う間鍋は、正信から頼まれたのであろう、左近がみだりに市中を歩き回るのを、やめさせたいらしい。

まるで正信の魂が宿っているかのごとく諭す間鍋を、左近は懐かしさを感じながら見ている。

哲次郎はというと、将軍家血筋とか、甲府の城がどうのと言う間鍋の言葉を聞くうちに、左近が徳川綱豊だということを知り、ぶるぶると震えはじめていた。

「そちの申したきこと、あいわかった」

間鍋の口を制した左近が、まだ土間にいる哲次郎を見ると、哲次郎は慌てて土間に膝をつき、

「まさか甲州様が市中におられるとは思いもよらず……とはいえ、とんでもない

ことをいたしました。お許しください！」

大声で叫び、頭を下げた。

間鍋が哲次郎にじろりと振り向き、左近に言う。

「この者が申すとおりでございます。雑踏の中を出歩かれ、人違いで斬られるようなことがございましたら、それこそ天下の一大事でございます」

「人違いで刀を抜く世の中を正すために、おれはこの者を連れて戻ったのだ。間鍋」

「はは」

「そちは、余の側近になるために甲府から来たのであろう」

「さようでございます」

「ならばくどくど申さず、余がすることに力を貸せ」

「もとよりそのつもりでございます。御意を賜れば、どのようなことでもいたします」

「では手はじめに、余と共にこの者を助けよ」

間鍋は異を唱えようとしたが、左近の目力に押されて言葉を呑み込んだ。

あきらめた顔で哲次郎を見ると、

「そのようなところにおらず、殿の前でお話しいたせ」

力なく言う。

左近が間鍋の横顔を見て唇に笑みを浮かべ、哲次郎に厳しい顔を向ける。

「哲次郎」

「はい」

「余がここにおる時は、綱豊ではなく浪人の新見左近だ。遠慮せず上がって話を聞かせてくれ」

「ははぁ」

命じられるままに囲炉裏の間に上がった哲次郎は、左近を斬ろうとした経緯（いきさつ）を包み隠さず話した。

事情を聞いてうなずく左近の横で、間鍋が憤慨する。

「先手組頭ともあろう者が、なんたる恥（はじ）さらしな」

「坂東則成が追う悪党は、相当な遣い手と見た。人を大勢斬り殺した極悪人の名を、先手組が知らぬはずはない。何か隠しているかもしれぬな」

左近が言うと、間鍋が膝を転じた。

「殿、坂東殿のためにお命を落としかけたのです。直接会（お）うて、問いただされてはいかがでございますか」

「うむ」

左近が間鍋を横目に見ながら、哲次郎に訊く。

「坂東の屋敷を知っておるか」

「四谷でございます」

「では、案内いたせ」

「はは」

承諾した哲次郎に続いて間鍋が立ち上がるので、左近が訊いた。

「間鍋、張り切っておるな」

「当然でございます。殿をお守りするのが、わたくしの役目でございます」

胸の内に秘めた情熱とは裏腹に、冷静な口調で言う間鍋が、先に立って外に出た。

左近は、その後ろ姿に正信の面影（おもかげ）を重ねて、苦笑いを浮かべ、指先で頰（ほお）をかいた。

四

「何、丹波哲次郎が戻ってきただと」

坂東則成は驚き、そばに控えている二人の家来を睨んだ。

先ほどまで、哲次郎を見捨てて帰った二人を叱りつけていたところだ。

「丹波が戻ったということは、悪党を討ったのか」

知らせた家来に訊くと、それが、と言い、続けるのをためらう。

「いかがしたのだ」

「お二人が、丹波に斬れと指示なされた相手は人違いだったらしく、間違えられた浪人者が共に来ております」

「追い返せ」

面倒だと手を振りながら坂東が言っても、家来は困った顔をして動こうとしない。

「まだ何かあるのか」

「そ、それが、どこぞの大名家の藩士らしき若い侍が、共に来ておられます」

「なんじゃと」

坂東が苛立って訊く。

「どこぞ、ではわからぬ。どこの誰なのだ」

「問うても答えませぬ。まるで、下の者には用はないと言わんばかりの態度で、殿に会わせろと申されます。若いお方ですが、あの堂々とした態度を見ますと、大家にお仕えしているのではないかと思われます」

気の弱い家来に、坂東が舌打ちをする。

「わしは直参旗本。しかも御先手組ぞ。大名家の家臣などが来ようが、恐れることはない。堂々としておれ、堂々と」

「申しわけございませぬ」

「まったく、どいつもこいつも」

坂東が言い、二人の家来を睨む。

「貴様ら、いったい誰と間違えたのだ」

「いえ、確かに、この人相書に似た浪人でございました。先ほど申し上げましたとおり、丹波では勝てぬと思い、逃げたのでございます」

「それが臆病じゃと申しておるのだ。それでも先手組の家来か」

怒鳴りつけた坂東が立ち上がる。

「その者どもはどこにおる」

「表の客間に通しました」

「馬鹿者、次の間で十分じゃ、次の間で」

不服を言った坂東が、大手を振って廊下に出た。

二人の家来が、身を縮めながらついていく。

坂東は表の客間に入り、

「丹波、よう戻った」

声をかけて上座に行き、まずは紋付に袴を着けている間鍋を一瞥し、続いて藤色の着流し姿の左近に目を向ける。

左近は確かに坂東が追う男に似てはいるが、品格がまるで違う。

坂東は一目で違いに気づき、共に来た家来たちを睨みつけた。

「愚か者が。よう見ぬから、こういうことになるのだ」

「ははぁ。申しわけございませぬ」

坂東に頭を下げる家来たちに、間鍋が冷静な目を向ける。

「あやまる相手を間違えておられよう」

間鍋が言うと、先手組頭を前にあいさつもなく、名も名乗らず頭も下げぬ左近と間鍋を見て、坂東が不機嫌そうに応えた。

「暗うてよう見えなんだらしい。先手組のお役目ゆえ、それ以上申すな」

だが、間鍋は引かなかった。

「坂東殿、御先手組ともあろうお方が、浪人である丹波殿を利用して、いったい誰を斬らせようとしたのです」

「これは先手組の役目だ。口を出すな」

「そうはまいりませぬ。そちらのいい加減さで、一大事になるところでございましたぞ」

「ふん、大げさな。どこの家のお方か知らぬが、丹波が間違えた相手も浪人者でござろう」

「この痴れ者め」

間鍋が言うと、坂東が目をむいた。

「今、なんと申した」

もう一度言ってみろ、と怒鳴り、坂東が膝を立てるのに対し、間鍋は顔色ひとつ変えずに冷静に答える。

「坂東殿、こちらにおわすは、徳川綱豊様ですぞ」

「それがどうした」

怒りにまかせて思わず応えた坂東であるが、一拍の間を置いて名を理解したらしく、はっと目を丸くし、両手を後ろにしてのけ反る。

「ここ、甲州様」

「一別以来か、坂東殿」

江戸城本丸であいさつを受けていた左近が言う。

坂東は手で目を擦り、慌てて頭を下げた。

「申しわけございませぬ」

悲鳴のような声をあげ、坂東はいきなり脇差を抜いた。

着物の前を開き、家来の間違いで刃を向けた責任を取ると言い、その場で腹を切ろうとした。

左近が咄嗟に腕をつかみ、坂東から脇差を奪い取る。

「思い違いをいたすな。余はそちを責めにまいったのではない」

「で、では、何をなされに」

坂東は、たじたじである。

「この哲次郎は、余を襲う時に、世のため人のためと申した。そちは、哲次郎にの誰を斬らせようとしたのだ」

「ひ、人斬り、人斬り太夫でございます」

左近は知らぬ名だった。

左近の後ろにいる哲次郎は、驚きに目を見開いたが、すぐに顔をうつむけたので、誰も気づいていない。

「人斬り太夫とやらは、どのような罪を犯したのだ」

左近が訊くと、坂東は神妙に答えた。

それによると、人斬り太夫なる悪人は一昨年の春、参勤交代の旅をしていた安芸大竹藩の大名行列にたった一人で斬り込み、藩主の下河周防守忠正を斬殺。多数の藩士を斬り殺して逃げた殺人鬼だった。

「そのあまりの凄惨さに、事件が起きた山陽道では、薄暗くなると人斬り太夫が出るという噂が広まり、旅人を恐れさせたそうにございます」

「その人斬り太夫が、江戸に来ておるのか」

坂東は、左近の問いにうなずく。

「大坂城代から上様に知らせが届き、それがしが成敗を承りました」

将軍綱吉から直々に厳命された坂東は、先手組の威信にかけて探索をし、人斬り太夫を捜し出した。

大久保の長屋に人相書の者と似た男がいるというので、坂東はただちに剣の腕が立つ家来を集め、自ら出張って成敗に向かったのだ。

しかし、人斬り太夫の凄まじき剣の前に、坂東は三名の家来を喪い、自身も深手を負わされていた。

「半月前にようやく起きられるようになりましたが、このありさまでございます」

坂東は左手を出して、拳を作ってみせた。腕の筋を切られ、小指が動かないという。

「大刀が思うようににぎれず、焦っておりました」

怪我のことを伏せていた坂東は、城からまだかまだかと矢のような催促をされて困っていたという。

そんな時、家来から哲次郎のことを教えられたのだ。

しかしながら、先手組としての誇りが、浪人者の哲次郎に素直に頭を下げて頼むことを許さず、ついつい、無実の罪を着せて、人斬り太夫を成敗させることを思いついたらしい。

話を聞いた哲次郎が、驚いた顔を上げた。

「では、根室屋の罪は嘘でござるか」

「うむ」

坂東がうなずくと、哲次郎は安堵の息を吐いた。

間鍋は坂東に、軽蔑の眼差しを向けている。

左近は、哲次郎に声をかけた。

「哲次郎、帰ろうか」

すると、哲次郎が決意を込めた目を左近に向け、両手をついて頭を下げた。

「甲州様にお願いがございます。わたしに、人斬り太夫を成敗させてください」

坂東たちは驚きの声をあげたが、左近と間鍋は冷静に受け止める。

「人斬り太夫を知っておるのか」

左近が訊くと、哲次郎が、はいと答えた。

「わたしは、元大竹藩の藩士でございます。初めに人斬り太夫のことをお教えいただいておれば、甲州様に刃を向けることはございませんでした」

「では、おれと人斬り太夫は似ておらぬのか」

「似ておりませぬ。奴は血に飢えた恐ろしい目をしております」

「何者なのだ」

「名は、赤崎満。殺された藩主忠正侯の剣術指南役の息子でございます」

「剣術指南役の息子が藩主を殺したのか」

「はい。風真流の奥義、風の太刀を授けられながらも、剣術指南のお役目を継げなかったことを逆恨みし、あのような暴挙に出たのでございます」

哲次郎が言うには、藩主忠正は、赤崎満の父親が病没したのを機に、新陰流の遣い手を新たな指南役として招いた。

赤崎満は、父親から奥義を授けられていたにもかかわらず、素行が悪いことを理由に指南役に指名されず、二百石の知行も召し上げられ、大竹藩の藩士としては最低の禄高に下げられた。

国許では頻繁に揉めごとを起こしていた赤崎は、新刀を手に入れれば無礼討ちと称して百姓を試し斬りし、気に入った女と見れば連れ去る。

剣術指南役の父親の権勢を笠に着て、やりたい放題であったのだ。

そんな赤崎が、武家屋敷から追い出され、捨て扶持とも言えるわずかな禄で下士長屋に放り込まれた屈辱に耐えられるはずもなく、復讐の鬼となり、忠正侯が城から出る時を狙っていたのだ。

山陽道から生きて戻った者の話では、赤崎はまず、新たに剣術指南役となった男に襲いかかり、皆の前で抜く手も見せぬ早業で斬り殺したのち、藩主の駕籠を守る者たちを斬殺。

そして、駕籠から這い出た藩主の首を刎ね飛ばすと、その首を持ち、恐れおののく藩士たちに見せつけ、笑いながら去ったという。

「持ち去られた殿の首は、後日、山陽道にさらされていたのでございます」

哲次郎が、声を詰まらせた。

「殿をお守りできなかった者たちは、変わり果てた姿でお戻りになられた殿の前で、切腹ではなく、首の血筋を斬って自害いたしました」

「なんとも、苛烈な……」

坂東が言い、神妙な面持ちで哲次郎に頭を下げた。

「何も知らぬこととはいえ、すまぬことをした。このとおりだ」

坂東は、今になってようやく、己がしたことを恥じたようだ。

「どうぞ、お手をお上げください」

そう言う哲次郎に、左近が訊く。

「そなたは、藩侯の仇討ちをするために国を出たのか」

「はい。付け髭で顔を隠して薬を売り歩き、赤崎を捜しておりました」

「誰かに命じられてのことか」

哲次郎は顔をうつむけて考えたが、左近をまっすぐな目で見てきた。

「わたしの父は国家老でございましたが、お家が断絶となったあと、殿の墓前で腹を切りました。わたしも共にまいるつもりでいたのですが、赤崎満を斬れと、遺言されたのでございます」

　左近は、哲次郎の目の奥に、深い悲しみが宿っていることを見逃さなかった。

「哲次郎、胸に何を秘めておる」

　見透かされて、哲次郎が目をそらした。

「赤崎を討ちましたら、皆のもとへまいる所存」

「そちの死を悲しむ者は、おらぬのか」

　哲次郎は即答しなかったが、意を決した目を向けて「はい」と答えた。

　左近が、坂東に訊く。

「赤崎の行方を把握しておるのか」

「はい。不忍池界隈で見かけたという知らせを受けておりましたので、今もいるものと思われます。この顔は、決して忘れませせぬ」

　差し出された人相書は、見ようによっては、確かに左近に似たところがある。

「どうだ、哲次郎」

左近が訊くと、改めて見なおした哲次郎が、目が違う、と答えた。

「確かに似ておりますが、赤崎はもっと鋭い目をしております」

「坂東殿と同じく、顔を見ればわかるのだな」

「はい」

左近はうなずき、坂東に告げる。

「赤崎を見つけ次第、余に知らせよ。哲次郎と共にまいる」

「甲州様御自らにございますか」

驚く坂東に、左近が答える。

「余は、この仇討ちに助太刀すると決めたのだ。よいな」

「ははあ」

頭を下げる坂東にうなずいた左近が、哲次郎に言う。

「哲次郎」

「はい」

「必ず本懐を遂げさせる。そのかわり、死んではならぬぞ」

思いもよらぬ言葉に、哲次郎は目を丸くした。

「よいな」

左近が命じても、哲次郎は顔をうつむけたまま黙っていた。

五

哲次郎が上野に帰ったのは、夜も更(ふ)けた頃だ。

今日は一日が長かった。だがこれで、父の遺言を果たせる。

哲次郎は根室屋の前に立ち、ふと空を見上げた。

もしも赤崎が明日見つかれば、星空を眺(なが)めるのは最後となろう。こころの中では覚悟ができているせいか、清々(すがすが)しい気分だった。

「美しい」

哲次郎は、光る砂をまいたような空に目を細め、きびすを返して歩む。

根室屋は上げ戸を下ろしていたので、潜り戸をたたいた。

中から、どちら様ですか、という手代の声がする。

「わたしだ、哲次郎だ」

「哲の旦那！」

手代が急いで戸を開けるや、出てきてしがみついた。

「旦那、ご無事でございましたか」

「うむ」

「皆さん心配しておられます。ささ、お入りください」

手代が中に入り、哲次郎が帰ったことを大声で告げた。

「これを返す」

哲次郎が、商売道具である長刀を手代に渡した。

「わたしの刀を持って帰ってくれたか」

「はい、もちろんでございます。今お持ちします」

手代と入れ替わりに、居間から出てきたあるじの清兵衛とおかみのお利が、哲次郎の無事な姿を見て喜んでいる。

「哲次郎さん、よかった……先手組に連れていかれたと言うので、心配してたんですよ」

清兵衛が言うので、哲次郎は、薬のことは間違いであったと告げ、赤崎のことも、左近に助けられたことも話さなかった。

「当然ですとも。うちの強身丹は先祖伝来の秘薬。ご禁制の品など、いっさい使っていないのですから。でも、間違いが今日中にわかって、ようございました」

清兵衛が、自分は哲次郎が無事に戻ると信じていたと言うと、お利が笑いながら教えた。

「あんなこと言ってますけどね、先ほどまで念仏を唱えていたんですよ」

「おい、お前は余計なことを」

清兵衛が女房の口を止めて、哲次郎に笑みを向ける。

手代が、哲次郎の刀を持ってきた。

「すまぬ」

受け取った哲次郎が腰に落とすのを見て、清兵衛が言う。

「お腹が空いておりますでしょう。今、用意させますので、今日は泊まってください」

「いや、わたしはこれで」

帰ろうとする哲次郎の腕を清兵衛が引っ張り、真顔で告げる。

「お菊に顔を見せてやってください。哲次郎さんが連れていかれたと聞いて、寝込んでいるのです」

「お菊さんが」

会わずに帰ろうと思っていた哲次郎は、草履を脱ぐのも歯がゆい思いで上がり、裏手にあるお菊の部屋に急いだ。

笑みで見送る清兵衛の背中を、お利がたたく。

「またあのような嘘を」

「いいんだよ。ああでも言わないと、帰ってしまうだろう。お菊は食べ物が喉を通らぬほどなのだから、寝込んでいるのと同じだよ。それにね、わたしは今回のことでよくわかった。お菊はやはり、哲次郎さんのことを好いている」

すると、お利がくすりと笑う。

「今頃わかったのですか。あたしは、ずいぶん前から知ってましたよ」

「ええっ！　それならそうと、なんで教えてくれないんだい。知っていれば、縁談なんかすすめなかったのに」

「あれはあれでよかったんですよ。お菊の気持ちもわかりましたし、何より、哲次郎さんの気持ちだって、はっきりわかったんですから」

「そいつはどういうことだい」

「お前様が縁談の話をしている時、哲次郎さんが浮かない顔をされていたんですよ」

お利の言葉に、清兵衛が目を丸くした。

「気づかなかった」

「商いの勘は鋭いくせに、娘のことになると鈍いんだから」

「それはいいことを聞いた。わたしたちも老い先短いから、生きているうちに孫の顔が見たいものだ」

清兵衛はそう言うと、首を伸ばして廊下を見た。

「お菊さん、哲次郎です」

声をかけて障子を開けると、お菊が驚いた顔を上げた。

寝ていると思っていた哲次郎は、藍染の小袖を着て座っているお菊を見て、安堵の息を吐く。

お菊は泣いていたのか、頬が濡れている。

清兵衛から、哲次郎が帰ったと言われていたのだが、白粉も落ち、泣き腫らした三十女の顔を見られるのがいやで、出るのをためらっていたのだ。

「見ないでください」

恥ずかしそうに袖で顔を隠すお菊。

哲次郎は、すまないと言い、背を向けて座った。

「よく無事で戻られました」

「拷問を覚悟していたのですが、間違いだとわかっていただけ――」

哲次郎は、はっとした。お菊が背中に寄り添ってきたからだ。

泣いているのか、お菊は震えている。

哲次郎はたまらず振り向き、お菊を抱きしめようとしたのだが、仇討ちのことが脳裏をかすめ、思いとどまらせた。

腕を持ち、身体を離した哲次郎は、

「心配をかけました」

そう言っただけで立ち上がり、お菊の前から去った。

店に足を向けると、慌てて隠れた清兵衛とお利の姿が見えた。

哲次郎が店に戻ると、二人は何食わぬ顔をして帳場に座っている。

哲次郎は、そんな清兵衛夫婦の前に正座し、頭を下げた。

「薬売りの仕事は、今日限りで辞めさせていただきます」

すると、清兵衛がぱっと明るい顔をお利に向け、哲次郎の手をにぎる。

「この店に、いえ、お菊のところに来てくださるのですね」

哲次郎は、清兵衛の言葉の意味が理解できなかった。

「お前様、急にそんなこと言われてもわかりませんよ」

お利が、ごめんなさいねと言い、居住まいを正した。

「お菊の気持ちはおわかりでしょう、哲次郎さん」

黙っている哲次郎に、清兵衛が訊く。

「薬売りを辞めたいとおっしゃったのは、この店に入ってくださる気になったのでしょう」

「違います」

「ええっ！」

清兵衛が驚いた。

「そんな……どこかへ行かれるのですか」

「いえ、長屋で人を待たなければならないのです」

すると、お利が身を乗り出した。

「やっぱり、何かあったのですね。そうなんですね」

哲次郎は笑みで、首を横に振る。

「ひょんなことから、長いあいだ捜していた知り合いを見たことがあるという人に出会えまして、捜してもらうことにしたのです。近いうちに必ず見つけ出すとおっしゃるものですから、蓄えも少々ありますので、外に出ず待とうかと」

「それなら、ここで待たれたらどうです。一人では何かと不自由でしょうし……」

　哲次郎は首を横に振った。

「それでは、こちらの迷惑になりますから」

　清兵衛がお利に促され、恐る恐る訊く。

「まさか、その古い知り合いというのは、哲次郎さんのいい人ですか」

「いえ、そのような者はおりません」

「それじゃあ、知り合いが見つかっても、どこかに行ってしまわれるようなことはないのですね」

　哲次郎は即答できなかった。

　お菊が出てきて、お利の横に座った。

　お利が、哲次郎が明日から来ないことを教えると、寂しそうに顔をうつむけた。

「哲次郎さん、どうなんです。このままどこかに行かれるのですか」

　勘の鋭い清兵衛が、返答を待っている。

「用をすませたら、必ず戻ってきます」

　そう言った哲次郎は、お菊を見て、こころの中でつぶやく。

――たとえ、この身が滅びようとも。

六

坂東の配下の者が赤崎満らしき男を見つけたのは、二日後のことだ。

上野山に潜み、不忍池のほとりを往来する者たちに目を光らせていたのだが、それらしき人物を見つけられずにいた。

「ここではないのかもしれぬ」

他の場所で網を張る者が先に見つけるのではないかとあきらめ、日が落ちる頃には、また明日改めようと言い、引きあげた。

役宅に戻る前に、冷えた身体を温めようということになり、湯島天神の男坂の下にある料理屋に入ることになった。

その時、別の店から出てきた人物に何げなく目を向けた者が、遊び女の肩を抱いて歩む男が、赤崎満だと気づいたのだ。

知らぬ顔で一旦店に入った配下の者が、

「赤崎だ。間違いない」

小声で教え、あとを追った。

剣の鍛錬を積んでいる赤崎は、勇む者たちの気配に気づき、不敵な笑みを浮かべる。

「先に帰っていろ」

女の耳元でささやいて、辻の角を曲がったところで離れた赤崎は、追っ手を武家屋敷が並ぶ通りに誘い込んだ。

防犯の明かりが灯された灯籠の横に来るや、抜刀して突き入れ、火を消した。

追ってきた先手組の者が四辻から通りに出た時、消された蠟燭から煙が流れているのを見て、あたりを警戒する。

「どこに行った」

「わからぬ。気をつけろ」

そう言った二人が消えた灯籠を探るべく歩み出そうとすると、灯籠の陰から黒い人影が歩み出た。

先手組の二人が十手を向ける。

「御先手組である。神妙にいたせ」

大音声で言ったその刹那、赤崎が前に出た。

凄まじい剣気に目を見開いた二人は、十手から刀に持ち替えようとしたのだが、刀に手をかけた時には、疾風のように迫る赤崎が二人のあいだを駆け抜けていた。

背後で動かぬ先手組を尻目に、赤崎が口を歪めてほくそ笑み、刀の柄頭を押し、ぱちりと納刀した。

二人が、膝から崩れるように倒れた。

抜く手も振るった刃も見せぬ恐ろしい剣により、先手組の二人は斬られたのだ。

だが、将軍家直参の先手組も、やられっぱなしではない。

助太刀に入らず、この事件の一部始終を見届けていた者が、去っていく赤崎の跡をつけた。

その者は、侍のなりではなく、破れたぼろをまとい、夜の町を徘徊する無宿人のような姿をしている。

ところの奥から出る気を見事に消しているその者は、いわば、忍びとも言えよう。

皮肉にも、哲次郎のことを坂東に教えたのも、この者だ。

一定の間合いではなく、時には離れ、時には近づきながらついていく。

そして赤崎が町家に入るのを見届けると、大胆にも向かいの家の軒先に筵を敷いて横になり、出てくるのを待った。

だが、夜が明けても出てこない。

翌朝、起きてきた家の女房が、軒先に漂う異臭に顔をしかめ、心張り棒を持ってきた。

「ちょっとあんた。どこで寝ているのさ。臭くてたまらないよ」

背中をつついて起こされた追っ手が、物乞いをする。

騒ぎに気づいて家を出る近所の住人たち。

赤崎がいる家の女も出てきた。

追っ手は、この時を待っていた。中で眠る赤崎をしっかりと見届け、四谷へ向かったのだ。

ただ向かうのではなく、方々に散る先手組の者に赤崎の潜伏先を告げ、包囲網を張らせた。

知らせを受けた坂東は、

「でかした！」

廊下に出て、庭にうずくまる手の者を褒めたが、臭いに顔をしかめる。

「甲州様には、わしが知らせる。お前はただちに戻り、赤崎を家の中に封じ込めよ」

「はは」

「待て。相手は人斬り太夫だ。甲州様が到着されるまでは決して手を出してはならぬと、皆に念を押せ」

「承知」

「馬を持て！」

坂東は家来に命じ、根津の甲府藩邸に急いだ。

七

哲次郎は、お菊が持ってきてくれた朝餉(あさげ)をとっていた。

腰高障子(こしだかしょうじ)をたたく音がして、お菊が出る。

すると、編笠を着けた侍が立っていた。

「丹波殿、共にまいられよ」

そう言って編笠を持ち上げて顔を見せたのは、間鍋だ。

左近の家臣である間鍋にうなずいた哲次郎は、静かに箸(はし)を置き、刀を持って立ち上がる。

お菊が心配そうな顔で訊く。

「お武家様、哲次郎さんをどちらにお連れするのでございますか」

間鍋はちらりと目を向けたが、何も答えない。

「お菊さん、心配はいりません。日が暮れるまでには戻りますよ」

「では、夕餉の支度をして待ってます。哲次郎さんの大好きな煮魚を作りますから」

「それは楽しみです」

哲次郎は、こころの中で手を合わせた。

「お願いします」

哲次郎が言うと、間鍋はうなずき、きびすを返した。

哲次郎は、見送るお菊に振り向かなかった。

振り向けば、この世に未練が残ると思ったのだ。

路地から出ると、間鍋に肩を並べて、どこに行くのか訊く。

「先手組の者が町家を見張っていたのだが、気づかれて逃げたそうだ。今は、湯島の商家に立て籠もっている」

「では、人質がいるのですか」

「奴が居候していた女と、商家の者を人質にしている」

こっちだと言われて行くと、馬が二頭用意されていた。

間鍋が馬に乗り、

「殿がお待ちだ。急ぐぞ」

哲次郎が乗るのを待ち、馬を走らせる。

先手組の包囲に気づいた赤崎は、女を楯にして家を出ると、立ちはだかる者たちを三人斬殺して逃げた。

次第に数が増える先手組の追撃をかわせぬと思った赤崎は、商家から出てきた奉公人を押し込め、立て籠もってしまったのだ。

哲次郎が着いた時には、商家の前の通りは封鎖され、町の者たちは遠ざけられていた。

先手組のみならず、町方の者たちも包囲に加わり、赤崎に逃げ場はない。

藤色の着流し姿の左近を見つけた間鍋が歩み寄り、

「お連れしました」

と小声で告げる。

左近は哲次郎を見ると、坂東に声をかけた。

応じた坂東が、配下の者に道を空けるよう命じた。

店の前を塞いでいた配下の者が両側に分かれると、左近が哲次郎にうなずく。

応じた哲次郎は、襷をかけて前に出た。

「赤崎満！　拙者、元大竹藩士、丹波哲次郎と申す！　あるじ忠正侯の仇討ちにまいった。貴様はもう逃げられぬ。無様な真似はやめて、いざ尋常に勝負いたせ！」

大音声で言うや、中から戸が蹴破られた。

店の女を楯に恐ろしい形相をした赤崎が、口を歪めて言う。

「誰かと思えば、国家老の倅か。確か、わしの道場に通うておったな」

「ご先代から、風真流の指南を賜った」

「なるほど、父上も、家老の倅ゆえ断れなかったか。つまらぬ弟子を持たされて、さぞ屈辱であったろう」

「つまらぬ弟子かどうか、その身体で確かめるがよい」

哲次郎が鯉口を切り、抜刀の構えを見せると、赤崎が女を突き離した。

「おもしろい。皆の前でその首、刎ねてくれる」

帯のかわりに荒縄を巻いている赤崎が外に出ると、先手組の者が動いた。

「お手出し無用！」

哲次郎が叫ぶと、坂東が下がれと命じる。

その横にいた左近が助太刀に出ようとしたが、

「新見様、助太刀無用にございます」

哲次郎が、後ろを見ずに言う。

「ほう、少しはできるようだな」

赤崎が言い、すっと前に出た。

意表を突かれた哲次郎が、抜刀して横に一閃した。だが、赤崎は間合いを見切っていた。

紙一重（かみひとえ）で切っ先をかわされた哲次郎が、返す刀で斬ろうとした時には、赤崎は抜く手も見せぬ速さで刀を鞘から滑らし、哲次郎の右腕を切断した。

刀をにぎったままの右手が地面に落ちるのを、哲次郎は呆然と見ている。

だが、それは一瞬のことで、哲次郎はすぐに左手で脇差を抜こうとしたのだが、唇に薄い笑みを浮かべた赤崎が刀を振り上げ、哲次郎の首を斬らんとしている。

――これまでか。

哲次郎は目をつむった。

赤崎が舌打ちをしたのは、その時だ。

哲次郎が顔を向けると、赤崎は刀を下ろし、左腕に突き刺さった小柄（こづか）を抜き、投げた者を睨んだ。

その先には、左近が立っている。

赤崎は、右腕を押さえて呻き声をあげる哲次郎を蹴り倒し、左近に顔を向ける。

「これは丹波とわしの勝負だ。邪魔をするな」

「おれは助っ人だ」

「ふ、ふははは。馬鹿め、わしに勝てると思うておるのか」

左近は答えず、安綱を抜刀した。

その構えと剣気に、赤崎が途端に真顔になる。

「そんなに死にたいのか」

赤崎はそう言うと、刀を納めて抜刀の構えをした。

赤崎が一歩出ると、左近が下段に転じる。

それを隙と見た赤崎が前に出て、さらに誘う。

左近が応じて前に出る。

しめた、と思ったのだろう。赤崎が抜刀して、刀を横に一閃した。

だが、左近は安綱で受け流した。

赤崎が返す刀で左近の胴を斬ろうとしたのだが、左近の太刀筋が勝っていた。

一の太刀を受け流した左近は、右手で安綱を振るい、赤崎の首の血筋を斬ったのだ。

「く、ううぅ」

信じられぬという顔で首を押さえた赤崎が、目を見開いたまま横に倒れる。

左近は長い息を吐いて安綱を納刀し、哲次郎に駆け寄った。

哲次郎は、失った右腕を押さえて苦しんでいる。

左近が身体を支え、耳元で告げた。

「死ぬことは、余が許さぬ。よいな、哲次郎」

「に、新見様」

左近に礼を言うと、哲次郎の身体から力が抜けた。

気を失ったのだ。

八

目をさました哲次郎の前に、禿頭の老人の顔があった。

左近は先手組の者に命じて、上野北大門町にある西川東洋の診療所に哲次郎を運ばせていたのだ。

西川東洋は、甲府藩の御殿医である。

血を多く失い一時は危うかった哲次郎だったが、三日後に目覚めた。

東洋は眉間に皺を寄せていたが、哲次郎が目覚めると急に穏やかな顔になり、

「山を越えられたの」

頭を上げると、これで安心だと告げる。

哲次郎が左に目を転じると、お菊がいた。手を口に当てて声を詰まらせ、涙を流している。

「お菊さん」

哲次郎が名を呼ぶと、お菊は手をにぎってきた。

「哲次郎さんを迎えに来られたお侍様が、教えてくださったのです」

「あのお方が」

東洋が運ばれた哲次郎を診て命が危ないと言うと、間鍋は左近が命じるまでもなく飛び出し、お菊に知らせに走ったのだ。

「お菊さんはの、そなたのことを三日三晩寝ずに看病したのじゃ。それをあだにしてはならぬぞ」

東洋が言い、さらに、

「新見様からお言葉を頂戴しておりますぞ」

と、左近が刀を預かっていることを伝えた。

生きろ、と言った左近の気持ちを察した哲次郎は、きつく目を閉じた。

「生きていても苦しいだけにござる」

「何を言うの、哲次郎さん」

「この身体では、人前で薬を売ることもできぬ」

「芸をしなくても、薬は店で売れます」

お菊が、哲次郎の手をにぎりしめた。

「わたしが哲次郎さんの右腕になります。ですから、死のうなんて考えないで」

「お菊さん」

哲次郎は、お菊の手を強くにぎり返した。

お菊は涙を拭い、笑みでうなずいた。

二人を微笑ましく見ていた東洋は、空咳をして立ち上がり、部屋を出る時にぼそりと言った。

「傷に障るゆえ、ほどほどにな」

第四話　狙い撃ち

一

鉄砲の威力が織田信長の戦術によって戦国の世に知らしめられて以降、諸大名は新式銃の開発に躍起になった。

疾風のごとく突撃する騎馬軍団に対抗するために、少しでも速く撃つことが追求され、二連発銃が世に出れば、三連発銃が戦場に姿を現し、珍しい物では、二十連発斉発銃というのも存在した。

徳川家康が天下を取り、時が流れて第五代将軍綱吉の世ともなれば、挙兵して天下取りに名乗りをあげる勇ましい大名などいるはずもなく、戦を知らぬ者ばかりだ。

甲冑は戦場で身を守る道具ではなく、戦国を生き抜いた先祖より引き継がれた家宝となり、まるで神仏のように扱う家もあれば、蔵の奥の奥へしまい込み、ほこりまみれになっている家もある。

剣術や槍術、弓術といったものは、馬術と共に武士のたしなみとして健在であるが、鉄砲術は、甲冑よりも扱いが悪くなっている。

特に、鉄砲の製造と所持が厳しくなってからは、取り扱いが悪い大名の中には、古い鉄砲を捨てて新しくするのも金がかかると言い、もはや撃てば暴発するような代物を鉄砲筒に入れて持たせ、行列の体裁を整えている家もあるほどだ。

そんなありさまだから、鉄砲の製造技術は衰退するばかりで、管理をまかされた鉄砲方の者たちは、新式銃という言葉に耳を傾けなくなっていた。

幕府鉄砲方のお役目を世襲している田崎兼続は、とりわけ新式銃を嫌う一人である。

城から預かった鉄砲の修理と整備を終えた田崎は、射程の長さを確かめるために、大久保にある伊賀組の組屋敷を訪れ、鉄砲を撃っていた。

田崎が撃っているのは、徳川家康の軍勢が大坂の陣で使用したという代物。

といっても、大将である家康が陣から動くことはなく、旗本衆が鉄砲を撃つことはほとんどなかった。

それゆえ、数十年経った今でも、威力に衰えは見られなかった。

田崎いわく、

「やはり、物が違う」

天下人たる家康のもとには、名工と言われる鉄砲職人が集まっていたのだから、悪いはずがないのだ。

しかし鉄砲の需要が減ってからは、長い年月が過ぎるあいだに職人の数も減り、技術も衰退している。それゆえ田崎は、江戸城内に保管されている鉄砲をすべて新しくするという話が出た時、猛反対していた。

将軍家の鉄砲に満足した田崎は、家来に渡した。

家来は筒先から火薬と弾を込め、両手で持って差し出す。

受け取った田崎は的に狙いを定め、鉄砲を撃つ。

轟音と共に、白い紙に黒丸が入れられた的の中心を撃ち抜いた。

「お見事にございます」

背後から声をかけられた田崎は、的を見つめたまま舌打ちをした。

「堺屋か、何度来ても同じだ」

そう言って振り向くと、堺屋宗司が揉み手をしながら頭を下げた。

「田崎様、そうおっしゃらずに、これを使ってみてくださいませ。今度のは、職人を変えましたので自信がございます」

手代が差し出す鉄砲を、田崎は受け取った。

じっくりと眺め、家来に弾を込めさせると、的を狙い撃ちする。

弾は見事に中心を撃ち抜いた。二発目も命中し、三発目も命中した。

だが、鉄砲を下ろした田崎は、ため息をつく。

「的を持ってまいれ」

応じた家来が、的を二つ持ってきた。

田崎はそれを並べて見せる。

右と左とでは、弾道のぶれの違いが明らかだった。

「右がお城の鉄砲だ。一発目はいいとしても、堺屋、おぬしが持ってきた物は、二発目から微妙に右へずれている」

「そうでございましょうか」

堺屋には大差ないように見えているようだが、鉄砲の名手である田崎には、品の違いがわかる。

「熱で銃身が曲がっているのだ。十発二十発と続けて撃てば、狙いを定めても命中しなくなる。これでは戦場では使い物にならぬ」

田崎は鉄砲を返した。

「見た目はよい。一見すると将軍家にふさわしいように思えるが、ただの飾り物だ」

田崎はそう言って、見物していた伊賀組の与力（よりき）の杉下（すぎした）と共に、屋敷の中へ引きあげた。

屈辱（くつじょく）に満ちた顔をうつむけている堺屋は、手代に鉄砲を渡すと、

「帰るぞ」

憤慨した様子で表に行き、待たせていた駕籠（かご）に乗った。

屋敷の座敷で休んでいる田崎の前に座る杉下が、将軍家の鉄砲を眺めながら言う。

「これを新しくするというのは、確かにもったいないことでございますね」

「見たであろう、堺屋の鉄砲を」

「田崎様がおっしゃったとおり、あれは見た目だけです。それがしも手なおしする前の物を、一度試し撃ちしましたが……」

杉下はその先は言わず、首を横に振った。

「先ほどの物も、改良したとは思えぬ出来であった。これには、遠く及ばぬ」

田崎は、杉下が手渡した鉄砲を見ながら言う。

「飾り気もなく、武骨そのものだが、これこそが武家の棟梁たる将軍家の道具だ」

「まことに、まことに」

「されど、これも古いことは確か。いずれは新しくする必要があるのだろうが、同じような物ではだめだ」

「たとえば、どのような」

「長崎から戻った者に聞いたのだが、南蛮の鉄砲は進歩している。火縄を使わずとも撃てる物があるらしい」

「火縄を使わず、どのようにして火薬を発火させるのでしょうか」

「詳しいことはわからぬ。見てみたいが、南蛮の品はご禁制ゆえ手に入るまい」

田崎は、将軍家の鉄砲に目線を下げた。

「これに勝る物が作られるまでは、なんとしても粗悪品を城に入れぬようにしなければならぬ。戦国伝来の鉄砲を数多く所持される伊賀組も、くれぐれも気をつけられよ」

「はは、肝に銘じておきます」

「うむ」

　杉下が遠慮がちに訊く。

「ところで、田崎様」

「なんだ」

「上様の御前で、鉄砲術をご披露なさるそうでございますね」

　そのことか、と田崎が腕組みをした。

「十日後に、千端恒興と共に、吹上でご披露する」

「日ノ本で一、二を争うお二人の勝負。それがしも見とうございます」

「勝負か」

　田崎が眉間に皺を寄せる。

「上様の気まぐれには、困ったものだ」

「と、申されますと」

「知ってのとおり、千端は、見た目が美しい新式銃こそ将軍家の備えにふさわしいと申して、総入れ替えをしたがっている。同じく新式銃を推す若年寄の高町相模守様から話を聞かれた上様が、この勝負を思いつかれたのだ」

　杉下が考える顔をした。

「では、千端殿がお勝ちになれば」

「城内の備えは、すべて新式銃に替えられる」

「そうなれば、我らの備えも替えることになりましょうか」

「わからぬ。いずれは替えるようになるやもしれぬな」

「それはまずい。堺屋の鉄砲だけは、使いとうございません」

「案ずるな。わしは必ず勝ち、新式銃を阻止してみせる」

「我らのためにも、よろしくお願いいたします」

「そのためにも、稽古をせねばな」

「今宵は、ここへお泊まりください」

「おお、頼む」

「はは」

「そうと決まれば、もうひと汗かいてこよう。ここは、周囲に気兼ねすることなく鉄砲を撃てるからよい」

「弾も火薬もたっぷりございますので、存分にどうぞ」

「うむ」

田崎は立ち上がり、鉄砲を撃ちに出た。

翌日も、昼までしっかり鉄砲の稽古をした田崎は、

「世話になった。お頭によろしく伝えてくれ」

見送りをする杉下に礼を言い、馬に乗った。

自分の屋敷がある神楽坂への近道である田舎の道を、三人の家来と共に帰っていると、手綱を引く家来が声をかけてきた。

「殿、このあたりは景色もよく、のどかでいいですな」

「貞助、お前はここを通ると、いつもそう言うな。大久保村が、そんなに気に入ったか」

「はい」

「ならば、小石川の別宅をこちらに移すか」

「ええ？　そのようなこと、できるのですか」

「うむ。別宅の周りはこれから武家屋敷が増えるゆえ、鉄砲を撃つのも気兼ねするだろう。今のうちに、若年寄様に申し出ておこうと思うておるのだ」

「それはようございます」

貞助は、気持ちよさそうな顔で周囲を見回し、ふと遠くを指差す。

「こちらにお屋敷を構えられるなら、あの丘の上がようございますぞ」

畑の先にある雑木林の丘は、田崎も目をつけていた場所だ。

「あそこなら、気兼ねなく鉄砲が撃てるな」

田崎がそう言った時、その雑木林の中で鉄砲の音がした。

「ぐわっ」

肩を撃たれた田崎が、呻き声をあげて落馬した。火がついたような激痛に、顔を歪めて苦しむ。

「殿、殿！」

貞助が身を挺して田崎をかばい、雑木林を見た。

驚いて身を伏せる百姓たち。その先にある雑木林の中で、ふたたび発砲の音が響く。

唸りを上げる弾丸が貞助の頭を撃ち抜き、田崎の身体に覆い被さるように倒れた。

「貞助、貞助！」

田崎が動かぬ家来の名を叫ぶと、身を伏せていた二人の家来が這ってきて、田崎を道から畑へ引きずり下ろした。

一人の家来が足を撃たれ、畑に転げ落ちる。

「くそっ」

もう一人が道に落ちている鉄砲を取り、抱えるように畑の下に座る。

「火さえあれば、反撃しますものを」

家来がそう言ってあたりを見ても、畑の中に火の気(け)はない。

足を撃たれた家来が、かすり傷だと言って田崎の横に来た。

「殿、血が出ております」

肩に手拭(てぬぐ)いを当てられ、田崎が呻いた。

「正太(しょうた)殿、殿をお守りしろ」

傷を負っている家来が言うと、鉄砲を抱えている家来が驚いた顔を向けた。

「豊之真(とよのしん)殿、何をする気だ」

「おれが敵を引きつける。そのあいだに、殿をお連れして逃げろ」

畑の先に百姓家がある。

豊之真は正太に、田崎を背負ってそこまで逃げろと言った。

「承知」

「ま、待て」

田崎が止めたが、豊之真は道へ這い上がった。

銃声が轟(とどろ)き、豊之真の指先で土が弾(はじ)ける。

敵が弾を込めるあいだが勝負だ。

「今だ、行け」

豊之真が叫ぶや、田崎を背負った正太が気合の声をあげて立ち上がり、畑の中を走って百姓家の陰に逃げ込んだ。

道に這い上がった豊之真に向けて、鉄砲が放たれる。

弾は、道に伏せる豊之真の頭上で土を弾いた。

「下手くそめ！」

叫んだ豊之真が、鉄砲の音にも怯えず、遠くに逃げていない馬を見つめた。

足の痛みに耐え、泥まみれになりながら這っていく豊之真を、馬が見ている。

鉄砲の轟音が響き、弾が豊之真の腹近くで土を弾き上げる。

豊之真は叫びながら立ち上がって走り、馬を捕まえて乗った。

「はっ！」

助けを呼ぶために、気合を発して馬を走らせる。

弾を込め終えた曲者は、逃げる馬に狙いを定めて撃った。

だが、弾ははずれ、道端の木の枝を落とした。

曲者は、狙った相手を仕留められなかったことに苛立ち、狙撃に使った鉄砲を振り上げて木にたたきつけた。

田崎が逃げ込んだ百姓家に鋭い目を向けると、刀を抜いて襲いに行こうとした。

だが、百姓の知らせを受けて駆けつける村の役人のもとに、馬を駆る田崎の家来が向かう姿が見えた。

曲者が潜む雑木林を示すと、役人たちはこちらに足を向けてくる。

悔しげな顔をした曲者は、刀を納めて雑木林の奥に入り、去っていった。

百姓家では、田崎が傷の痛みに呻きながらも、貞助のことを案じていた。

「貞助はどうなったのだ」

訊かれて、正太は辛そうに首を横に振る。

「豊之真は、無事なのか」

「馬で逃げました。すぐに助けを連れて戻ってきます。もう少しの辛抱ですぞ」

正太が励ましたが、田崎の意識は次第に薄れていく。

「殿、殿！」

田崎は、呼びかけにも応えられなくなった。

二

「それじゃおよねさん、あとはお願いしますね」

「おかみさん、ほんとにお一人で大丈夫ですか。うちの亭主を呼んできて、お供させましょうか」

「大丈夫よ。初めて行くところじゃないんだから」

お琴はそう言うと、およねに店をまかせて出かけた。

待たせていた駕籠に乗ると、駕籠かきが威勢のいいかけ声をあげて走り出す。

その様子を見ていたかえでが、小五郎に小さくうなずいて、お琴の駕籠を追った。

お琴が近々神楽坂に行くと聞いていた左近が、かえでに警固を頼んでいたのだ。

そうとは知らぬお琴は、駕籠から町の様子を見ていた。

空はすっきりと晴れ渡り、江戸の町は、どこに行っても師走の買い物客でにぎわっている。

お琴が大切に抱えているのは、ひと月前に、牛込神楽坂からわざわざ店に来てくれた旗本の姫に頼まれた品だ。

店の品を見ていた姫は、なかなか手に入らないと噂になっている櫛を選んで手を伸ばしたのだが、他の客も同時に手を伸ばしていた。

お供の者が客にあきらめるよう言おうとしたが、こころ優しい姫は、櫛を譲ったのである。

噂の櫛は、蒔絵も美しく値も少々張るのだが、数が少ないこともあって、若い客から絶大な人気であった。

美しい櫛を他の客に譲った姫を見て、お琴は声をかけた。

「ひと月待っていただければ、手に入ると思いますよ」

すると姫は、ぱっと明るい顔になり、注文すると言う。

「それでは、品が入りましたらお届けに上がりますので、ここにお名前と在所をお書きください」

お琴が渡した台帳には、牛込御門外、善國寺裏の田崎兼続の妹、久利江と記されていた。

後日、左近から、鉄砲方の由緒ある家柄だと聞き、お琴は久利江の上品さと人柄に納得した。

ひと月ぶりに久利江と会うのを楽しみにしていたお琴は、屋敷の表門前で駕籠から降りると、門番に用向きを伝え、台帳を見せた。

程なく、お琴が中に招き入れられるのを見届けたかえでは、その場にとどまり、帰りを待つことにした。

「あれ、煮売り屋のおかみさん」

声をかけられて顔を向けると、権八がいた。

「こんなところで、何してるんで？」

かえでは、答えずに訊き返す。

「権八さんこそ、どうしてここに？」

「いやね、今日はお琴ちゃんが田崎様のお屋敷に行くと聞いていたんで、こちら様から受けていた仕事の日を合わせていたんで」

そう言って、通りを挟んだ商家を指差す。屋根の修理だから、上から田崎家の様子を見ようというのだ。

かえでは、お琴が皆に守られていると思い、笑みを浮かべる。

「もしかして、おかみさんも、お琴ちゃんが心配で来なさったのかい」

と言って、撥鬢頭（ばちびんあたま）をぺちんとたたく。

「こりゃいけね、そんなわけないか」

「ええ、ちょっと買い物に。あそこのまんじゅうが好物なの」

などと、味も知らぬまんじゅう屋を指差した。

すると、権八が手を打ち鳴らす。

「さっすが、おかみさん、味にはうるさいね。あそこのまんじゅうは旨いと評判だ」

かえでは驚いたが、暇つぶしにはちょうどいいと密かに思い、適当に話を合わせた。

そんな中、田崎家を訪れていたお琴は、神妙な顔で座る久利江に、驚きの顔を向けていた。

「久利江様、どうなされたのですか」

お琴が驚くのも無理はない。目の前にいる久利江は、ひと月前とは別人なのだ。ぱっと人目を惹く気の利いた装いをしていたはずの久利江が、髪をひとつに束ねてくくり、白い着物に黒い袴を着け、化粧もせずに男装していたのだ。

「屋敷では、いつもこうなのです」

久利江はそう言うと、お琴が横に置いている櫛の入れ物を見ている。

お琴が、頼まれた品だと言って渡した。

すると久利江は、美しい櫛に満足したようで、目を輝かせた。

だが、すぐに押し返す。

「せっかく来ていただいて申しわけないのですが、これは、他の方にお譲りします」

お琴が驚くと、久利江は当分使えそうにないと言い、寂しそうな顔をした。

「よろしいのですか」

「はい。お断りの使いを行かせるべきだったのですが、忙しくしており、失念しておりました」

頭を下げる久利江からは、ひと月前に接した時のような穏やかさが消えている。

これ以上深いことを訊けぬ雰囲気もあり、お琴は、わかりましたと言って、櫛を引き取ろうとした。だが、久利江が箱に手を伸ばす。

「……やはり、いただきます。いつ使えるかはわかりませぬが、その時の楽しみといたしましょう」

お琴はうなずき、櫛の箱を渡した。

久利江が人を呼ぶと、廊下に侍女が膝をついた。ひと月前に、久利江の供をして店に来た者だ。

「三島屋さんに、お代をお支払いしてください」

「かしこまりました」

侍女がお琴に軽く頭を下げた。

「お値段は、確か一両でしたね」

「そうでございます」

うなずいた侍女が、懐紙に包んだ代金を差し出した。

「確かに。頂戴いたしました」

お琴は受け取りの証を渡すと、箱を包んでいた布を畳み、帰り支度をする。

そこへ家来が現れ、稽古の刻限だと告げた。

応じた久利江が、お琴に礼を言う。

「遠くからご苦労でした。ゆるりと休んでいってください」

「ありがとうございます」

お琴が久利江に頭を下げると、侍女が、お茶を出すと言って立ち上がる。

「どうぞ、お構いなく」

「遠慮はいりませぬ」

侍女はにこやかに言い、茶を取りに下がった。

出された茶を飲みながら、お琴は気になったことを侍女に訊いた。

「久利江様は、勇ましい身なりをされておられましたが、なんのお稽古をされるのですか」

するとと、侍女が物悲しそうな顔をする。

「鉄砲でございます」

「鉄砲……」

お琴が驚き、目を泳がせる。

鉄砲方の由緒ある家柄だと左近から教えられていたが、まさかおなごの久利江まで鉄砲を撃てるとは、思ってもいなかった。

お琴が感心すると、侍女が小声で言う。

「実のところを申しますと、姫様は幼い頃から、男勝りなところがございます。早くにご両親を亡くされて、兄上様に可愛がられたのはよかったのですが、兄上様がなさることをやりたい、と申されるようになって。大きな声では言えませんが、姫様のほうが、鉄砲がお上手なのでございますよ」

「凄い」

お琴が目を見張ると、侍女は気分をよくしたのか、さらに声を潜めて続ける。

「近々、兄上様にかわって、公方様の御前で鉄砲術をご披露なさいますの」

「はぁ」

お琴は、内緒ごとのように告げられて、聞いてもよかったのだろうか、と困惑しながら湯呑みを口に運んだ。

「あら、あたしとしたことが、しゃべりすぎました。このこと、あまり人に言ってはいけませんよ。まあ、あなたの店には殿方が来ないでしょうから、大丈夫だとは思いますが」

女同士だからと安心しているのだろう。侍女はこともなげに言い、自分のぶんのまんじゅうを食べてくつろいでいる。

お琴は湯呑みを置いて帰ろうとした。鉄砲の轟音がしたのは、その時だ。

初めて聞く音に驚いたお琴が、小さな悲鳴をあげた。

「こちら様は、毎日こうなのですか」

白壁のすぐ向こうで音がしているようなので、うるさくないのかと、お琴が訊く。

侍女は、自分はもう慣れたと笑う。

普段はめったに屋敷では撃たないが、今は特別なのだと言う。

お琴が帰るために裏庭から表門に回っていると、鉄砲の稽古をする久利江の姿が遠目に見えた。

重いであろう鉄砲を構える久利江の横顔は、女の目から見ても美しい。

指導をしている侍が、お琴に気づいた。

それが兄の田崎だと知らぬお琴は、片腕を布で吊った痛々しい姿の男が険しい顔を向けるので、頭を下げて足早に立ち去った。

その頃権八は、仕事を早々にすませて、かえでと共に長床几に腰かけてまんじゅうを食べていた。

「やっぱり旨いな。ここのは蒸したてが一番だ。熱々のあんこがいいね」

かえでが、口をはふはふとやる権八に、屋敷の中の様子が見えたかと訊いた時、鉄砲の音が響いた。

茶を持って出た店の女将が、うるさくてすみませんねと言って、迷惑そうな顔を屋敷に向けた。

「前は、お屋敷で撃つのをやめておられたんですがね。殿様がお怪我をされてから、またはじめられたんですよ。誰が撃ってらっしゃるのか知らないけど、迷惑ったらないですよ」

　すると権八が、首をかしげて言う。

「確か、色が白い、ほっそりとした人だったな。ありゃ、女かも。知ってるかい」

　顔を向けた時には、店の女将は中に引っ込んでいた。

「なんだい、話しかけといて、いなくなりやがって」

　かえでは話を聞きながら、あたりに目を配っている。

　鉄砲の音がする屋敷の周りを、編笠で顔を隠した怪しげな侍が歩き回っていることに気づいたのだ。

　どうやら二人組の侍は、田崎家に用があるらしく、時折屋敷を見上げては、何ごとかささやき合っている。

　お琴が潜り門から出てきたのは、そんな時だ。

　編笠の侍たちは、それに気づいて立ち去った。

「あ、お琴ちゃん、こっちこっち！」

　権八が通りに歩み出て、手を挙げた。

「ええっ？　権八さん？」

　お琴が驚き、こんなところまで仕事に来ているのかと言って歩み寄る。かえでもいることに気づいて、さらに驚いた。

「まさか、お二人とも、およねさんに頼まれたの」

「いやいやいや、あっしは仕事、煮売り屋のおかみさんはまんじゅう目当てで」

かえでは権八に合わせてうなずき、まんじゅうをすすめた。

「おいしいですよ」

「ありがとう。でも、同じ物をお屋敷でいただいてきたばかりなの」

「お琴ちゃん、商売はうまくいったのかい」

権八に訊かれて、お琴はうなずいた。

「そうかい。それじゃ、みんな一緒に帰ろうか」

「あら、権八さん、お仕事は」

「んなものは、とっくに終わってらぁな。ちょっと待っておくんなさいよ」

権八がおよねの土産(みやげ)に何個か包んでもらうと言うので、お琴とかえではそれを待ち、三人で浅草に帰った。

店に戻ると、

「おかみさん、お帰りなさい。左近様がお待ちですよ」

店じまいをしていたおよねが、にやりとして言うので、奥へ行った。

共に行こうとする権八の耳をおよねが引っ張り、邪魔をするなと怒っている。

お琴は、左近に久利江のことを話した。

「公方様の御前で鉄砲術を披露されるとおっしゃってましたが、姫君でも、そのようなことをされるのですか」

「こたびは、特別にお認めになったのであろう」

お琴が櫛を届けるのが今日だったので、左近は城の行事を終えて一旦藩邸に帰り、田崎家の様子を聞きに来たのだ。

久利江の兄、兼続が四日前に襲われたことを、左近は先ほど城で知った。間鍋詮房を城に残して探らせているが、お琴から久利江が鉄砲術の披露をすると聞き、次は久利江が狙われるのではないかと案じた。

「今後、田崎家に行く約束はあるのか」

「いえ。ございません」

「それならばよい。もし呼ばれるようなことがあったら、おれに教えてくれ」

「何か、ご心配なことがおありなのですか」

「これはおれの勘に過ぎぬが、御前での披露をめぐり、よからぬことが起きようとしている気がする」

「久利江様の身に、何か起きるということですか」

左近はうなずき、それがなんであるのか考えた。

三

家来から田崎家の様子を聞いた千端恒興は、険しい顔をしている。

「では、近頃響いている鉄砲の音は、久利江殿が稽古をしているのか」

同じ鉄砲方として、代々田崎家と交流がある千端家だ。当代の恒興は、久利江のことを幼い頃から知っており、その腕前も把握している。

千端恒興と田崎兼続は、鉄砲の腕を争う好敵手であったが、決して仲は悪くなかった。

しかし、将軍家の備えを新式銃にするという話が出てからというもの、推進派の千端と、反対派の先頭に立つ田崎は疎遠になっている。

それゆえ、田崎家のことがすぐに耳に入るはずもなく、御前で鉄砲術を披露する相手が久利江になったことを知らなかったのだ。

「やはり、上様がお許しになられたのは、事実でございましょう」

家来が言うと、千端は口惜しげに膝をたたく。

「まずいことになった。久利江殿にくらべれば、兼続が相手のほうがましであったぞ」

「いったい、誰が兼続殿を狙い撃ちしたのでございましょうか」

「決まっておる。高町様だ」

「殿、めったなことを申されてはなりませぬ」

「ここはわしの屋敷だ。曲輪内には聞こえぬ」

言った千端が、立ち上がる。

「出かける。支度をいたせ」

「日が暮れたと申しますに、どちらへ」

「高町様の屋敷に決まっておろう。おなごに負けるくらいなら、わしはこの勝負には出ぬ」

「辞退を申し出られるのですか」

「そうじゃ。まいるぞ」

勇んで出かけた千端の屋敷は、田崎家とは目と鼻の先だ。

夜になっても銃声がする田崎家の明かりを一瞥し、千端は神楽坂をくだり、牛込御門内に入った。

西ノ丸下の高町の屋敷を訪れた千端は、奥の部屋に通された。

わずか十二畳ほどの居間に行くと、高町はくつろいだ様子で千端を迎えた。

「千端、突然なんの用だ」

酒を飲んでいたらしく、呼気からは甘い匂いがする。

「上様に鉄砲術をご披露するお役目、お断りいたします」

あいさつもそこそこに、千端が怒気を含めて申し出ると、高町が身を乗り出した。

「もう一度、申してみよ」

威圧するように鋭い目を向けられたが、千端は怯まなかった。

「田崎兼続を襲撃させたのは、若年寄様でございましょう」

「知らぬ……と言いたいところだが、あれは、そちのためを思うてしたことだ」

高町が言うと、襖が開けられ、男が二人出てきた。

堺屋宗司と、中本という浪人者だ。

千端は、中本を睨んだ。

中本は、剣術もさることながら、鉄砲の腕も上々なのだ。

「田崎を撃ったのは貴様か」

すると、中本がそうだと言わんばかりに、不敵な笑みを浮かべる。

「余計なことを」

怒る千端に、堺屋が言う。

「千端様、何を怒っておられるのです。先生は、あなた様のためを思い、引き受けてくだされたのですぞ」

「黙れ、堺屋」

「まあそう怒るな、千端」

高町に止められて、千端は居住まいを正した。

「息の根を止められなかったのは残念じゃが、田崎が鉄砲の御前試合に出られぬようになったのは確かじゃ。苦し紛(まぎ)れに妹をかわりに出してきおったが、相手はおなごじゃ。勝者は、そちに決まりではないか」

「何を仰(おお)せでございます。久利江殿の鉄砲の腕は、兼続よりも数段上でございますぞ」

「なんじゃと」

高町が目を丸くして、堺屋と顔を見合わせる。

「田崎兼続は、そちと腕を争うほど。それに勝ると申すか」

「はい」

堺屋が薄笑いを浮かべて、千端に言う。

「仮にそうだとしても、改良した新式銃は命中率もようございます。千端様の腕をもってすれば、負けるようなことはないでしょう」

千端は堺屋を睨み、うな垂れるように目線を下げた。

「知らぬから、そのようなことが言えるのだ。久利江殿は、弾を十発撃てば十発とも的に命中させる。しかも、すべて的の中心からはずさぬ」

「なんですって」

これにはさすがの堺屋も驚き、顔をしかめた。

千端が高町に言う。

「それがしも的の中心に当てられますが、これまでの最高は、十発撃って八発。若年寄様……このようなことを申したくはございませんが、新式銃は、確かに見た目は美しゅうございます。されど、的を正確に撃ち抜く力は、古い鉄砲と互角、いや、少々劣(おと)るかと」

「ええい、黙れ黙れ」

高町が怒り、扇子(せんす)を投げつけた。

「千端、今さら後戻りができると思うておるのか。この勝負に勝たねば、これまで我らがしたことは水の泡だ。貴様は、わしを裏切るのか」

「そ、そのようなつもりは」

「そなた、堺屋からいくらもろうておる。抜けると申すなら、全額返せ」

千端は、辛そうな顔で両手をつく。

「まあまあ、高町様、そのへんでよろしいではございませぬか」

堺屋が千端をかばい、余裕の表情で言う。

「我らの邪魔になる者は、消してしまえばよいのです」

高町がじろりと目を向ける。

「堺屋、よい手があると申すか」

「兄と同じように、妹も鉄砲を撃てなくすればよいのです。中本先生、頼みますよ」

「容易(たやす)いことだ。まかせておけ」

中本が恐ろしい顔で応(こた)える。

「それは無理だ」

千端が言うと、中本が睨んだ。

「何ゆえだ」

「久利江殿は、屋敷から一歩も出ずに鉄砲の稽古をしている。兼続のことだ、このまま御前披露の日まで出さぬであろう。鉄砲方の屋敷は、有事の際には砦になるように建てられている。斬り込むことはできぬ」

「ならば、外から狙い撃つまで」

「愚かなことだ。商家の屋根にのぼれば狙えるが、たちまち見つかってしまうぞ」

反論できずに顔をしかめる中本を横目に、千端が高町に告げる。

「久利江殿には、確か許嫁がいたはず。これを使えませぬか」

高町が考える顔をする。

「相手は誰だ」

「旗本石田家の嫡男、頼之助殿でございます」

「おお、石田頼近の倅か」

「はい」

「なるほど、世間を知らぬあの馬鹿息子なら、使えるのう。おそらくまだ、田崎が襲われたことも知らぬはずじゃ。ここは、わしにまかせておけ」

「はは」

頭を下げる千端に、高町がほくそ笑む。

「許嫁を利用することを思いつくとは、千端、おぬしもようやく腹が据わったようじゃな」

「やるからには、勝ちとうございますので」

「それは、頼もしい限りじゃ」

高町が目配せをすると、堺屋が応じて膝を進める。

「千端様、これは、ほんの気持ちにございます。手前どもの運命は、千端様次第でございますので、よろしく頼みますよ」

百両もの小判を差し出されて、千端の目の色が変わった。

「手前どもの鉄砲が勝利したあかつきには、お礼として二千両をお渡しします」

「に、二千両」

わかったとうなずき、包金に手を伸ばした千端は、懐と袖に分けて入れると、高町に頭を下げて帰っていった。

その背中を見送った高町が、鼻を鳴らす。

「あ奴め、金を見た途端に、よい顔つきになりおった」

「しかし、心配ですな。まさか、おなごが千端様より腕がよいとは、思いもしませんでした」

「案ずるな。石田頼近は使うに容易い男だ。必ず頼之助に久利江を連れ出させるゆえ、その時は、わかっておろうの」

高町が言うと、中本が不気味な笑みを浮かべてうなずいた。

四

翌日、石田家の嫡男頼之助は、許嫁の久利江が将軍家の前で鉄砲術を披露することを父親から知らされ、目を白黒させた。

「父上、それはまことでございますか」

「うむ。さらに悪いことがある」

険しい顔をする頼近は、田崎兼続が何者かに撃たれて大怪我をしたことと、家来を喪(うしな)ったことを教え、久利江の命も危ないと言った。

久利江とは幼馴染(おさななじ)みでもある頼之助は、まさかそのようなことになっていようとは思いもせず、動揺した。

「父上、このような時、許嫁のわたしはいかがすればよいのでしょうか」

「たわけ、決まっておろうが。我が家は嫁にもらうほうぞ。命を狙われておるのはともかく、お前より嫁のほうがよい働きをしてはならぬ。すぐ田崎家に行き、鉄砲術の披露を辞退させるのだ」

「承知しました。お供いたします」

頼之助の思わぬ言葉に、頼近が驚いた顔を向ける。

「……貴様、わしに行けと申すか」

「行ってくださらぬのですか」

「この大馬鹿者。わしが久利江殿を説得してどうするのだ」

「ですが、それがし、兼続殿がどうも苦手で」

「それはわしも同じじゃ」

言った頼近が、はっとして、咳払い（せきばら）をしてごまかす。

「とにかく、今日はお前が行け」

「兼続殿が久利江殿に会わせぬと申されたら、いかがいたします」

「その時は、わしが行く」

「では、初めから一緒に行かれたほうが早いかと」

行くのが当然だという言い方をする倅の情けなさに、頼近は呆れ（あき）たように目を閉じて、ため息をつく。

「ええい、仕方ない。ついてまいれ！」

自棄（やけ）になったように言い放った頼近は、頼之助を連れて神楽坂に急いだ。

「と、いうことにござる。兼続殿、倅と久利江殿のためにも、こたびは辞退してくださらぬか」

命の危険を案じる頼近に頭を下げられて、田崎は困り顔をした。

「石田殿の申されること、ごもっとも。妹をお案じいただき、かたじけない」

片手をつく田崎に、頼近が表情を明るくする。

「されど」

と、田崎が続ける。

「こたびのことは、次はないのです。わたしが命を狙われたと、どなたから聞かれたかは問いませぬ。しかし、かわりをさせる久利江の命までもが狙われているのは、それだけ、こたびのことが大事なのだとおわかりくだされ」

すると、頼近がうかがうような顔を向けた。

「鉄砲術のご披露には、裏があると申されるか」

「さよう。城の鉄砲を使う我らが千端殿に負ければ、将軍家は千端殿が使う新式銃に替えるようお命じになられます。その新式銃は、今の鉄砲より見た目はようござるが、戦に使う道具としては劣る物。そのような物が城の備えになれば、将軍家の武力が衰え、さらには、何万両もの金が無駄に使われてしまう」

驚きの顔で聞き入っていた頼近は、久利江が命を狙われる理由を察し、怪我が辛そうにしながらも必死に訴える田崎の姿を改めて見た。

そして、後ろに控えている息子の頼之助に膝を転じた。

「頼之助、これは我らが口出しできるようなことではない。引きあげるぞ」

「しかし父上、久利江殿の命が狙われているのですぞ。それがしは、鉄砲のことよりも久利江殿のことが大事でございます」

「馬鹿者、話を聞いておらなんだのか」

頼近が叱り、田崎にばつが悪そうな顔を向けて頭を下げる。

「いやいや、頼之助殿が妹のことをそこまで想うてくれているのは、ありがたいことにござる。夫婦になれば、妹は幸せになりましょう」

田崎はそう言って、久利江の命は必ず守ると約束し、頼之助を説得した。

部屋に、鉄砲の音が響いてきた。

剣術も苦手な頼之助は、轟音に首をすくめ、顔を見せてくれぬ久利江を想い、物悲しげな顔を外に向けた。

そんな倅に、頼近が声をかけた。

「さ、帰ろうか。稽古の邪魔になる」

「はい」

頼之助は力ない返事をして、田崎家をあとにした。

この時小五郎は、左近の命を受けて、通りでたこ糸を売りながら田崎家の様子を探っていたのだが、表門から出てきた親子のあとを追って出た女に目を向けた。

男装をしているが、一目で久利江だとわかった。

帰っていく親子を物陰から見送る久利江を見ていた小五郎は、異様な気配に気づき、目を転じる。

すると、商家の軒先からつと現れた編笠を被った浪人者が、鯉口を切り、久利江に向かっていく。

「しまった」

小五郎が、たこ糸を選んでいた子供たちを跳び越えて助けに行こうとしたが、浪人者がくるりときびすを返した。

門の外に出た久利江が、家来たちに連れ戻されたのだ。

あたりを警戒する家来の目から逃れるため、浪人者は刀を戻して走り去る。

小五郎はあとを追ったが、逃げ足が速く、商家が並ぶ通りで見失った。

仕方なく元の場所に戻って子供たちを相手にしていると、藤色の着流し姿の左近が現れた。

目配せをして通り過ぎる左近。

「今日は店じまいだ」

たこ糸を選ぶ子供たちに、ただ同然で渡して帰らせた小五郎が、左近のあとを追って路地へ入った。

人気(ひとけ)のない寺の境内(けいだい)に行くと、待っていた左近が訊く。

「様子はどうだ」

「やはり、久利江殿は命を狙われております」

「間鍋が申したとおりか」

間鍋詮房は、将軍家の鉄砲をめぐる争いがあるという噂を、江戸城の本丸で耳にしていた。

鉄砲を新しくするかしないかは、鉄砲術を競(きそ)わせた結果次第だと、将軍綱吉が老中に告げたことで、水面下での争いがはじまったのだという。

若年寄である高町の暗躍を危惧(きぐ)した左近は、忠臣と名高い田崎家にこれ以上の災いが降りかからぬよう、小五郎に見張らせていたのだ。

「先ほど、旗本と思しき親子が訪問して帰る時、久利江殿が陰から見送っておられました」

「おそらく、許嫁であろう」

これも、間鍋の情報だ。

間鍋は左近が命じなくとも、左近が関わる家のことを調べて伝えてくる。

これには、さすがの小五郎も舌を巻くほどだ。

「気になりますのは、曲者が、わずかなあいだに襲おうとしたことです。親子が訪問することを、あらかじめ知っていたのではないかと」

「久利江殿が見送りに出たところを襲おうとたくらんでいたと申すか」

「はい」

「徹底しておるな。油断ならぬ相手だ」

「黒幕と思しき高町を探りますか」

「いや、鉄砲術披露まで日がないゆえ、調べる暇はない。相手はすぐにでも次の手を打ってこようから、かえでと共に、引き続き田崎家を守ってくれ」

「かしこまりました」

小五郎は頭を下げ、通りに戻った。

五

鉄砲術披露の日まで、あと二日と迫った。

頼之助は、何もできない自分を情けなく思いつつ、久利江の無事を願っていた。気がつけば屋敷を出て、神楽坂に足を向けていた。会ってもらえなくても近くに行き、久利江が稽古に励む鉄砲の音が聞きたいと思ったのだ。

声をかけられたのは、江戸川に架かる中橋を渡った時だった。

今屋敷を訪ねようとしていたと言うのは、堺屋だった。

「わたしになんの用だ」

堺屋のことを知らない頼之助がいぶかしむと、堺屋は若年寄の使いで来たのだと言う。

「高町様が、すぐそこの料理茶屋でお待ちでございます」

「若年寄様が」

「はい。久利江様のことで、大事なお話があるそうでございます」

「久利江殿の？　よし、まいろう」

頼之助は、堺屋の案内で近くの料理茶屋に入った。

座敷には、確かに高町がいた。

頼之助は廊下に膝を揃えて座り、両手をついてあいさつをした。

「堅苦しいあいさつはよい。それより頼之助、そちの許嫁は、鉄砲術の披露を辞退しておらぬそうじゃな」

「はい」

頼之助は、頭を下げたまま答えた。

「田崎兼続に追い返されたか」

高町の問いに黙っていると、高町が立ち上がった。

「よいか、頼之助。わしが先日、そちの父に申したことは、嘘ではないのだぞ。このままだと、そちの許嫁は必ず命を落とす」

強い口調で言われて、頼之助が顔を上げた。

「それは、まことでございますか」

「わしが申すのだから間違いない。わしはな、頼近とそちが悲しむ顔を見とうないのだ。悪いことは言わぬ、許嫁を連れて逃げろ」

「なんと申されます」

「心配はいらぬ。鉄砲術のご披露が終わる日まで、このわしが、そちとそちの許嫁を匿い、刺客から守ってやる。どうじゃ、そちは今、神楽坂に向かっておったのであろう」

「は、はい」

「ならば早う行って、連れてまいれ」

頼之助は、膝に置いていた手に拳を作り、高町を見上げる。

「なんじゃ、その目は」

「鉄砲をめぐる争いがあると、兼続殿よりうかがいました。新しい鉄砲を城に入れようとしている者が、命を狙っているに相違ないとも」

「そうじゃとも。だからこそわしは、そちに許嫁を助け出せと申しておるのだ」

「若年寄様ほどのお方が、無役である石田家、いえ、わたしのような者にお声をかけられるのは、わたしのためにそこまでなさるのは妙でございます。わたしのような者にお声をかけられるのは、久利江殿に上様の御前で鉄砲を撃たせぬためでございましょう」

「馬鹿な、何を申す。わしは、そのようなつもりではない。不愉快じゃ、下がれ」

「ははあ」

頼之助は廊下に額（ひたい）を擦（こす）りつけ、高町から逃げるように去った。

堺屋が現れ、どうするかと訊く。

「高町様、このまま帰しては、まずいですぞ」

「わかっておる。中本はおるか」

「隣に控えておられます」

「耳を貸せ」

高町は扇子を広げ、堺屋に知恵を授（さず）けた。

「なるほど、さすがは高町様。これで、我らの勝ちですな」

「祝い酒はあとじゃ。急げ」

「はい」

堺屋は、隣の部屋に行った。


料理茶屋から出た頼之助は、江戸川沿いの道をふたたび中橋までくだっていた。

神楽坂に行くためである。

「高町様が怪しいことを、兼続殿にお知らせせねば……」

そう思うと気が焦（あせ）り、駆け出した。

しかし、これがいけなかった。

走っていたために、人気のない道にもかかわらず、後ろに迫る者がいるのに気づくのが遅れたのだ。

足音に気づいて振り向いた頼之助の目に、抜刀して迫る曲者の姿が飛び込んだ。

目を見張り、立ち止まって刀を抜こうとした頼之助であるが、抜ききらないうちに斬られた。

「ぐあっ」

左肩から袈裟懸けに斬られた頼之助は、のけ反るように天を仰ぐと、背中から江戸川に落ちた。

「人殺しだ！」

対岸で人が叫んだが、曲者は編笠の端を持ち上げて川をのぞき込む。頼之助の姿はなく、血が浮かんで流れはじめていた。

それを見てほくそ笑むのは、中本だった。

悲鳴を聞いて、武家屋敷から人が出てくるのを見た中本は、川から離れ、どこへともなく走り去った。

それから二刻（約四時間）も経たないうちに、石田家の家来が田崎家の門をたたいた。

石田家の家来は、頼之助が何者かに襲われて大怪我をしたと言い、今夜一晩持つかどうかわからぬと言って、涙ながらに訴えた。

「若様が、久利江様のお名を呼び続けておられます。どうかお急ぎください。どうか」

田崎と共に話を聞いていた久利江は、田崎が止めるのも聞かずに飛び出した。

「正太」

「承知」

家来の正太が、すぐさまあとを追って出る。

石田家の家来もあとを追おうとしたのだが、走り続けてきたので息が切れ、二人に追いつけなかった。

「何があったのです」

声をかけられたのは、通りで膝に手をついて息をしていた時だ。

商人のなりをしている小五郎を見上げた石田家の家来は、用はないと言うように手を振り、久利江と正太を追っていく。

小五郎とかえでは、ただならぬ様子にうなずき合い、通りの先に見える久利江を追った。

「姫様、お戻りください！」

正太が止めても聞かぬ久利江は、目に涙を浮かべている。

頼之助は、自分のために襲われたのだ。そうに違いないと思った久利江は、胸が張り裂けそうな思いで足を速めた。

頼之助の屋敷は、伝通院の近くにある。

久利江は、武家屋敷が軒を連ねる道を北に向かい、江戸川を目指した。

中橋を渡れば、すぐに頼之助に会える。

「死なないで、頼之助様」

祈りながら急いでいると、武家屋敷の塀の角から、編笠を着けた浪人者が現れ、こちらに歩みはじめた。

頼之助を想うばかりの久利江は、気づいていない。

だが、正太は警戒して前に出た。

「姫、お気をつけください」

正太が言った刹那、浪人が抜刀した。

中本が待ち伏せしていたのだ。

正太は立ち止まり、

「罠(わな)です。お逃げください！」

叫びながら抜刀する。

久利江は正太を引き止め、神楽坂に引き返そうとした。しかし、あとを追ってきた無頼者が、刀を抜いてほくそ笑む。

「逃げ場はないぜ、お嬢さん」

この無頼者も、堺屋の手の者だ。

「おのれ」

久利江はそう言って懐刀(ふところがたな)を抜いたが、無頼者に突き飛ばされた。

「姫」

正太が刀を振るって無頼者を離し、土塀(どべい)を背にして久利江を守りながら、敵と対峙(たいじ)した。

中本が刀を振り上げて前に出ようとした時、腕に手裏剣が突き刺さった。

小五郎が放った手裏剣である。

「うっ」

痛みに顔を歪めた中本が睨む。

商人のなりをした小五郎とかえでが現れると、無頼者が刀を振り上げて迫った。

かえでが相手の一撃を小刀で受け流し、後頭部を手刀で打って気絶させた。

小五郎は、久利江と正太を守り、中本と対峙している。

手裏剣を抜いて捨てた中本は、腕を伝う血を舐めると、目を見開いて斬りかかった。

「何っ」

小五郎が手甲で刀を受けるや、金属がぶつかる音と共に、中本の刀が折れた。

驚いた中本が脇差に手をかけたが、小五郎の拳で腹の急所を突かれ、呻き声をあげて倒れた。

「かえで」

小五郎が促すと、かえでが久利江を助け起こした。

「痛い」

久利江は、突き飛ばされた時に手首を痛めたらしく、すでに腫れていた。

「手首をひねりましたね。すぐお屋敷に戻り、お手当てを」

「いえ、わたくしは行かなくてはならないのです」

久利江が言った時、石田家の家来がようやく追いついた。

倒されている者たちを見て、何があったのかと驚いている。

「頼之助様のところに行かなければなりませぬ」

久利江は言うと、声を詰まらせた。

「わかりました。これよりはわたしがお守りします」

「あなた方はいったい……」

正太が訊くので、小五郎が答えた。

「やんごとなきお方の手の者です。この者たちの仲間が来るといけない。急いでここを去りなさい」

「さ、行きましょう」

かえでが促すと、正太は久利江を気遣いながら、石田家に向かった。

小五郎は、捕らえた二人に猿ぐつわを噛まして腕を縛り上げると、活を入れて目覚めさせた。

その鼻先に、小刀の切っ先を向けて言う。

「甲州者の責めは、地獄の責めだ。覚悟いたせ」

鋭い目をして不敵に笑うと、捕らえられた二人は目を見開き、無頼者は唸り声をあげ、浪人者の中本は、冷や汗を流しはじめた。

六

鉄砲術披露の日――。

江戸城吹上御庭に張られた陣幕の中では、千端恒興が余裕の表情で支度を整えている。

黒い小袖に黒い袴を着け、襷までもが黒い身なりは、千端家が代々受け継ぐ装束だ。

腰には早合（あらかじめ弾と火薬を紙で包んだ物）を入れた革袋を下げ、刀は鉄砲の操作に邪魔にならぬ短い物を差している。

「いよいよでございますな」

嬉しそうに言うのは、堺屋だ。

新式銃を提供する者として、特別に陣幕内で控えることを許され、千端と共に城へ入ったのだ。

千端は、堺屋が磨きに磨いた鉄砲を受け取ると、構えてみる。

片目を閉じ、銃口を堺屋に向けた。

手前の筋割と筒先の見当てを重ね、欲に血走った堺屋の目に狙いを定める。

「ご冗談を。弾が入っていないとわかっていても、千端様の気迫のせいでしょうか、気持ちがよいものではございませんな」

「ふん、気迫か。勝負する相手がおらぬのでは、おもしろうない」

などと千端が余裕なのは、もうすぐ刻限だというのに、田崎家の陣幕には、田崎と家来しか入る者がいないからだ。

「中本は帰ってきたのか」

「いえ」

「まことに、久利江殿を始末したのであろうな」

「二日前からの田崎家の騒ぎを見れば、おわかりでしょう。中本先生は今頃、どこぞの遊郭(ゆうかく)で金が尽きるまで遊んでおられるのですよ」

仕事を終えたらいつもそうなのだと言い、堺屋は疑いもしない。

千端は鼻で笑うと、ふたたび鉄砲を構えた。

「それにしても、軽い鉄砲じゃ。見た目は美しいが、これを持って戦場に行けと命じられると思うと、ぞっとする」

「そこはご安心を。徳川に弓引く者など、この世にはおりませぬから」

「確かにそうであるな」

「これからは、鉄砲も甲冑のように装飾品の世です。見た目が美しい鉄砲が、天下人の備えにふさわしいのです」

「まあ、これが朽ちる頃には、わしは隠居しておろう。今のうちに、たっぷり稼げ」

「ありがとうございます。堺屋が儲かれば、高町様と千端様の金蔵も埋まるというもの。楽しみですな」

「まったくだ」

千端は、欲にまみれて醜くなった顔に笑みを浮かべ、鉄砲についた手の脂を拭いた。

「上様のおなりである」

小姓が大音声で知らせたので、千端は陣幕の外に出て片膝をつき、頭を下げて待った。

他の者たちも同じようにして迎える中、将軍綱吉の一行が現れ、掃き清められた道を進む。

綱吉のすぐ後ろに刀持ちが付き従い、大老の堀田筑前守正俊をはじめとする老中たち、次いで、側用人の牧野備後守成貞や、綱吉側近の柳沢保明が歩んできた。

高町は若年寄たちの中におり、千端が控える陣幕の前を通る時に、中からのぞく堺屋と目を合わせ、ほくそ笑みながらうなずいた。

堺屋もそれに応じ、頭を下げる。

一段高い場所に上がった綱吉が床几に腰を下ろすと、老中と若年寄たちが左右に分かれて座る。

綱吉は、支度を整えられた射撃場を満足そうに見渡し、そばに控えた柳沢に言う。

「今日はよい天気じゃのう」

「はい」

「はじめよ」

「はは」

応じた柳沢が、居並ぶ幕閣たちの前に立った。

「方々(かたがた)、出ませい！」

大音声で言うと、千端と田崎が歩み出て、綱吉の前で頭を下げる。

額に脂汗(あぶらあせ)を浮かべている田崎に、綱吉が話しかけた。

「兼続、撃ち手は久利江ではないのか」

「申しわけございませぬ。実は、二日前から行方がわからなくなっております」

「何、それは気がかりなことじゃのう」

田崎は、恐縮して頭を下げた。

「この兼続めが、撃ち手を務めさせていただきまする」

「そちは怪我をしておるのだろう。まともに撃てるのか」

「はは」

無理をしていることを見抜いた綱吉が言う。

「この場で腕を回してみよ」

命じられて、田崎は腕を上げたのだが、激痛に呻いた。

「無理をするでない。誰か他の者にさせよ」

田崎が動揺して目を泳がせるのを見て、高町がほくそ笑む。

小姓が駆けてきたのは、その時だ。

「申し上げます。甲州様が、田崎家の者を連れてまいられました」

「うむ。苦しゅうない。通せ」

「はは」

小姓が下がって程なく、裃（かみしも）の正装をした左近が現れた。

側近の間鍋が、白装束（しろしょうぞく）で支度を整えた久利江を連れて、あとに続いている。

久利江の姿を見た堺屋は驚愕（きょうがく）し、陣幕の奥へよたよたと下がる。

高町は顔を引きつらせて見ていたが、将軍の前に歩む左近と目が合い、動揺して目をそらした。

「綱豊、そちがわざわざ来るということは、鉄砲のことでよからぬくわだてをする者が、この中におるということか」

あいさつもさせずに、綱吉が立ち上がって訊く。

その綱吉の顔つきは、すでにすべてを知っている様子で、どこか芝居じみている。

柳沢は、鋭い視線を千端に向けている。

「刻限に遅れたこと、お詫（わ）び申し上げます。これに控える久利江殿も、不届き者の手によって怪我をさせられましたゆえ、先ほどまで手当てをしておりました」

「さようか。久利江、鉄砲を撃てるのか」

綱吉直々（じきじき）の声かけに、久利江は落ち着いて、はい、と答えた。

「この勝敗で、城の鉄砲を新しくするか否（いな）かを決める。そのような大事な場で、怪我は障らぬのだな」

「ございませぬ」

「あいわかった。許す」

綱吉の言葉に、久利江が頭を下げる。

田崎は、そんな妹に目を向け、頼もしげにうなずいた。

綱吉が、左近に顔を向ける。

「して綱豊、田崎兄妹を襲わせた者が誰か、わかっておるのか」

「はい。この場でお伝え申し上げます」

「あいわかった」

綱吉は、はじめよ、と言い、床几に戻った。

その時にはもう、左近の言葉に動揺した千端は、震えはじめていた。

高町は青い顔をして、額に玉の汗を浮かべている。

堺屋は陣幕から抜け出そうとしたが、小五郎が目の前に現れた。

「どこに行く気だ」

「ひ、ひいっ」

小五郎の鋭い目つきに、堺屋は腰を抜かした。

左近が、前を向いたまま黙り込んでいる高町を見る。

「高町殿、ご自分で上様に申し上げてはどうか」

「それがしにとおっしゃられても。なんのことやら、さっぱりわかりませぬが」

左近が千端に目を向ける。

「千端殿、どうじゃ」

「そ、それがしも、申し上げることはございませぬ」

左近が立ち上がり、高町を見下ろして告げる。

「高町殿、二日前に、石田頼之助から悪事を問われた日、いかがされた」

「はて、そのような者には会うておりませぬが」

「会うておらぬと申されるか」

「はい」

「なるほど。では、本人に問うてみましょう」

左近が間鍋に目配せをすると、左近が控えていた陣幕に戻り、痛々しい姿の頼之助を助けながら連れてきた。

高町が、生きていたのか、という顔で絶句している。

「これでもとぼけると申すなら、中本なる不埒者を、上様の御前に引き出すことになるが、それでもよろしいか」

「どうなのじゃ、高町。そちはおのれの欲のために、余（よ）を謀（たばか）ろうとしておったのか！」

綱吉に怒鳴られ、高町は何も言わずに脇差を抜いた。

「ごめん！」

腹を切ろうとしたが、綱吉の小姓衆に取り押さえられ、悲鳴とも呻き声ともつかぬ声をあげて悔しがった。

「目障（めざわ）りじゃ。連れていけ！」

綱吉が命じると、高町は小姓衆に引き立てられ、その場でうずくまっていた千端も連れていかれた。

床几に座りなおした綱吉は、身を乗り出して久利江を見ながら、田崎に言う。

「綱豊、兼続。そちたちのおかげで、将軍家の武力が衰えずにすんだ。礼を申すぞ」

頭を下げる左近を横目に、綱吉が告げる。

「久利江」

「はい」

「余に、そちの腕前を見せてくれ」

久利江はうなずき、将軍家の鉄砲を田崎から受け取り、的を狙って構えた。

吹上御庭に鉄砲の音が響くたびに、観覧した者たちからどよめきが起きる。

久利江は、痛めた手首をものともせず、十発すべてを的の中心に命中させてみせたのだ。

勇ましくも美しい久利江の姿に目を細めた綱吉が、あっぱれだ、と扇子を広げた。

そして、隣に控えている左近に言う。

「綱豊」

「はは」

「久利江に余の鉄砲隊をまかせられぬのは、つくづく惜しいことじゃのう」

本書は２０１４年12月にコスミック・時代文庫より刊行された作品を加筆訂正したものです。

双葉文庫

さ-38-23

浪人若さま 新見左近 決定版【八】
風の太刀

2022年10月16日　第1刷発行

【著者】
佐々木裕一

【発行者】
箕浦克史
【発行所】
株式会社双葉社
〒162-8540 東京都新宿区東五軒町3番28号
［電話］03-5261-4818(営業部)　03-5261-4868(編集部)
www.futabasha.co.jp(双葉社の書籍・コミックが買えます)
【印刷所】
中央精版印刷株式会社
【製本所】
中央精版印刷株式会社

【フォーマット・デザイン】
日下潤一

ISBN978-4-575-67133-9 C0193
Printed in Japan

佐々木裕一
浪人若さま 新見左近 決定版【一】
闇の剣
長編時代小説

浪人姿で町へ出て許せぬ悪を成敗す。この男の正体はのちの名将軍徳川家宣。剣戟、恋、人情、そして勧善懲悪。傑作王道シリーズ決定版！

佐々木裕一
浪人若さま 新見左近 決定版【二】
雷神斬り
長編時代小説

仇討ちの旅に出た弟子を捜しに江戸に来たという剣術道場のあるじと知り合った左近。事情を聞き、本懐を遂げさせるべく動くのだが——。

佐々木裕一
浪人若さま 新見左近 決定版【三】
おてんば姫の恋
長編時代小説

左近暗殺をくわだてる黒幕の正体がついに明らかに!? そして左近を討ち果たすべく、最強の敵が姿を現す！ 傑作シリーズ決定版第三弾!!

佐々木裕一
浪人若さま 新見左近 決定版【四】
将軍の死
長編時代小説

信頼していた大老酒井雅楽頭の裏切り、慕っていた将軍家綱の死。失意の左近に、最大の危機が迫る！ 人気時代シリーズ決定版第四弾!!

佐々木裕一
浪人若さま 新見左近 決定版【五】
陽炎の宿
長編時代小説

国許の民から訴状が届いた。甲府の村の領民が苛政に苦しんでいると知った左近は極秘でお国入りを果たす。人気シリーズ決定版第五弾!!